로크미디어가
유혹하는
재미있는 세상
ROK MEDIA
로크미디어

武人還生
무인환생

무인환생 7

2023년 6월 7일 초판 1쇄 인쇄
2023년 6월 12일 초판 1쇄 발행

지은이 윤신현
발행인 강준규

기획 이기헌 왕소현 임동관 박경무 강민구 조익현
책임편집 금선정
마케팅지원 이원선

발행처 (주)로크미디어
출판등록 2003년 3월 24일
주소 서울시 마포구 마포대로 45 일진빌딩 6층
Tel (02)3273-5135 **Fax** (02)3273-5134
홈페이지 rokmedia.com **E-mail** rokmedia@empas.com

값 9,000원

ISBN 979-11-408-0607-2 (7권)
ISBN 979-11-408-0600-3 04810 (세트)

武人還生

7

윤신현 신무협 장편소설

무인환생

차례

제52장 쉽지 않은 남자

쌀쌀맞은 목소리에 남궁연이 고개를 돌렸다.

그러자 목소리만큼이나 냉랭한 얼굴로 서 있는 당아린의 모습이 눈에 들어왔다.

"저도 궁금해서 왔어요."

"궁금해서?"

팔짱을 끼고서 싸늘한 눈빛으로 쳐다보던 당아린이 기가 찬다는 표정을 지었다.

의외로 당돌한 성격이라는 건 알았지만 이렇게 대놓고 말할 줄은 몰라서였다.

"아, 제가 오해의 소지가 있는 발언을 했네요."

"난 제대로 이해한 것 같은데."

"제 말은 언니랑 하린 언니가 궁금하다는 것이었어요."

"어?"

당아린이 당혹스러운 표정을 지었다.

당연히 석진호를 노리고서 찾아왔다고 생각했는데 말을 들어 보니 그게 아닌 것 같아서였다.

하지만 그럼에도 당아린은 의심을 거두지 않았다.

방금 전의 말이 연막작전일 수도 있기에 그녀는 미심쩍은 눈빛으로 남궁연을 쳐다봤다.

"솔직히 말하면 석 공자님한테 관심도 좀 있어요."

"너어!"

"근데 이건 짚고 넘어가야 할 것 같아요. 어느 가문이 석 공자님한테 관심이 없겠어요? 하북팽가가 이상한 거라고요. 당장 사천당가만 하더라도 지금처럼 대놓고 표현하고 있잖아요. 언니도 마찬가지고요."

오화 중 막내이지만 그렇다고 마냥 어리기만 한 건 아니었다. 남궁연 역시 남궁세가의 일원이었고, 한 명의 무인이었다. 그렇기에 남궁연은 무례하지 않은 선에서 하고 싶은 말을 다 했다.

"결국 그렇게 나오시겠다?"

"너무 날을 세우시지는 말고요. 전 석 공자님을 좋아한다고는 말 안 했어요. 그냥 관심이 약간 있다고만 했지. 근데 언니가 자꾸 자극하면 저도 반발심이 생길지도 몰라요."

남궁연이 장난스럽게 웃었다.

말은 협박에 가까웠지만 분위기나 표정은 달랐다.

애교를 부리듯 당아린의 팔을 붙잡기도 했고.

"후우! 우리 좋게 좋게 가자. 왜 불편한 길을 가려고 해? 너 소화야, 소화. 무림오화 중 소화라고. 너 좋다는 남자들을 줄 세우면 황화현을 한 바퀴 돌고도 남을걸."

"그건 맞는데 그렇다고 아무나 만날 수는 없죠. 저 남궁세가의 여식이잖아요. 남궁세가에 어울리는, 도움이 되는 남자만 만날 수 있어요. 언니도 알다시피 저는 선택권이 없다고요."

"으음!"

당아린이 침음을 흘렸다.

마지막 말에서 한 가지 가정이 떠올라서였다.

또한 한편으로는 이해가 가기도 했고.

단순히 남궁연의 의지만으로 승천무관에 온 게 아님을 알 수 있었기에 당아린의 표독한 표정이 살짝 누그러졌다.

"그러니까 저 너무 미워하지 마요, 언니. 미워하려면 석 공자님을 미워해야죠."

"관주님은 왜?"

"너무 잘난 것도 죄예요. 여자들을 꼬이게 만들었으니까."

"그건 말이 안 되지. 잘나고 싶어서 잘난 게 아닌데. 그렇다고 관주님이 여자들을 꼬신 것도 아니고."

당아린이 단호하게 고개를 저었다.

화화공자와는 거리가 먼 게 석진호라는 걸 너무나 잘 알아서였다.

"어머? 석 공자님 편들어 주시는 거예요?"

"편들어 주는 게 아니라 사실을 말하는 거지. 매력이 넘치는 건 인정하지만 여기저기 흘리고 다니는 성격은 아냐. 너도 봐서 알 텐데?"

"저는 잘 몰라요. 대화를 길게 나눠 본 적도 없는걸요. 어제도 오빠 거들어 준 게 다였고."

"음흉하게 뒷북은 치지 말자? 차라리 할 거면 미리 선전포고를 해."

"그러고 보니 어제 하린 언니가 선전포고를 하긴 했어요."

자연스럽게 다과상을 내오던 당하린을 떠올리며 남궁연이 희미하게 웃었다.

그때의 표정과 눈빛이 너무나 명백해서 마치 방금 전에 있었던 일 같았다.

"우리 언니는 할 만하지. 가장 오랫동안 관주님 곁을 지켜 왔는데."

"저도 그건 인정해요. 근데 알죠? 아직 결정된 건 아무것도 없다는 걸. 제가 듣기로 혼담도 엄청나게 들어오는 걸로 알아요."

"가만 놔두겠니? 세상에 똑똑한 사람들이 얼마나 많은데. 거기다 우리가 보증 아닌 보증을 하고 있기도 하고."

"그것도 무시 못 하죠."

남궁연이 고개를 주억거렸다.

확실히 석진호의 가치가 확 오른 데에는 사천당가도 한몫했다.

"이래서 초반에 확 휘어잡았어야 했는데……!"

"그건 힘들었을걸요. 석 공자님이 누군가에게 휘둘릴 성격은 아니라서. 오히려 자신이 휘두르면 휘둘렀지."

"에휴."

"너무 걱정하지 않으셔도 돼요. 전 그냥 아버지가 보내서 온 거니까요. 언니들하고도 어울릴 겸."

"그 말이 더 무서워."

당아린이 입술을 삐죽 내밀었다.

차라리 남궁연 혼자만의 관심이었다면 괜찮았다.

지지든 볶든 어떻게든 당사자끼리 해결을 볼 여지가 있으니까.

하지만 남궁세가주가 나섰다면 말이 달라진다.

'그것만은 아니었으면 좋겠는데.'

팽나연이 떠나니 남궁연이 온 듯한 느낌에 당아린은 한숨이 절로 나왔다.

더 강력한 경쟁자의 등장에 마음이 무거워졌던 것이다.

끼이잉?

그런 당아린의 모습이 걱정되는 모양인지 옆에 바짝 붙어서 있던 미호가 다리에 머리를 댔다.

위로해 주듯이 머리며 몸이며 계속 비벼 댔던 것이다.

"우리 미호, 언니 위로해 주는 거야?"

꼬로롱!

이제는 예전처럼 품에 안을 수 없을 정도로 커진 미호의 머리를 당아린이 쓰다듬었다. 그러자 남궁연도 눈을 초롱초롱하게 빛내며 둘을 쳐다봤다.

"진짜 많이 자랐네요."

"애기 때는 원래 쑥쑥 크니까. 그런 의미에서 방향을 좀 틀어도 괜찮을 것 같은데 말이지."

"방향요?"

"응. 관주님 못지않은 인재가 무려 두 명이나 더 있잖아, 여기에는."

당아린이 북궁혁과 모용천을 향해 눈짓했다.

굳이 석진호에게 관심을 둘 필요는 없다고 생각해서였다.

"에이, 아무리 그래도 너무했다. 두 분이 대단한 건 맞지만 그래도 석 공자님과 같은 선상은 아니죠."

"쉽게는 안 넘어갈 거라 생각하기는 했어."

당아린이 입맛을 다셨다.

역지사지라고 그녀가 남궁연이었어도 둘보다는 석진호를 택했을 터였다.

'그렇다면 남은 방법은 그것밖에는 없는데…….'

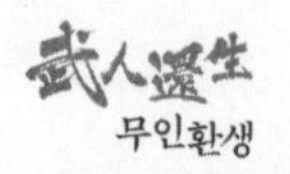

당아린의 시선이 모용천과 북궁혁에게로 향했다.

이렇게 된 이상 남궁연의 마음을 돌릴 수 있는 방법은 하나밖에 남지 않았다고 생각해서였다.

다만 문제는 두 사람에게 하나씩 치명적인 단점이 있다는 점이었다.

'그래도 두 사람이 나서면 해결될 일일 것 같기는 한데…….'

적극적으로 나서 준다면 남궁연도 흔들릴 수밖에 없을 거라고 생각했다.

일단 외모적으로는 석진호보다 두 사람이 훨씬 뛰어나서였다. 아직 어린 나이인 만큼 잘생긴 외모는 아주 중요한 부분이었다.

"근데 언니가 걱정할 정도면 확실히 기회가 있기는 한 모양이네요. 하린 언니와의 관계가 확고했다면 언니가 이렇게 견제하지는 않았을 테니까요."

"영악한 것."

"언니만 할까요, 히힛!"

"웃지 마. 정들어."

당아린이 정색했다.

하지만 그런 그녀의 모습에도 남궁연은 팔에 매달리며 귀엽게 웃었다.

"정은 이미 충분히 든 것 같은데요?"

"뗄 수도 있는 게 정이지."

자신의 팔에 매달리는 남궁연을 당아린은 슬며시 밀어냈다.

그러나 남궁연도 만만치 않았다.

자신을 밀어내는 손마저 잡아챘던 것이다.

"벌써부터 너무 예민하게 반응하지 마요. 아직은 그렇게까지 심각한 건 아니니까요."

"하지만 언제든지 심각하게 바뀔 수 있는 것도 사실이니까."

"저 목장이랑 과수원 구경 좀 시켜 주세요. 둘 다 저희 집에는 없는 것들이라 궁금했거든요. 저번에도 제대로 보지 못했고."

"딱히 볼만한 건 없는데. 정원도 없고."

남궁연의 손에 끌려가면서도 당아린은 미간을 좁혔다.

어째 남궁연의 화술에 말린 듯한 느낌이 들어서였다.

그리고 승천무관의 장점을 굳이 보여 주고 싶지도 않았다.

"정원은 집에서 질리도록 봤으니까 괜찮아요. 전 오히려 과수원이 궁금한걸요."

"흐으음."

"저도 동물 좋아하고요."

과수원만큼이나 궁금한 게 목장이었다.

황화현의 명물이자 승천무관의 상징이 되기도 한 것이 바로 삼랑이들을 비롯한 늑대 일가였기에 남궁연은 눈을 빛내며 당아린을 이끌었다.

⁂

똑똑.

문을 두드리는 소리에 가벼운 침의를 입고 있던 석진호가 의아한 표정을 지었다.

이렇게 늦은 시각에 그를 찾아오는 경우는 극히 드물어서였다.

어머니와 마찬가지인 소하정조차도 그가 열다섯 살이 넘은 후 밤에 찾아온 적은 없었다.

아플 때를 제외하고는 말이다.

"난데, 들어가도 될까?"

"들어와."

익숙한 목소리와 함께 문이 열리며 모용천이 들어왔다.

그런데 그의 손에 술병 하나가 들려 있었다.

"자는데 내가 깨운 건 아니지?"

"아직 잘 시간은 아니지. 책 읽고 있었다."

"요즘 독서에 빠졌다더니."

"나름 재미있더라고. 다들 안 어울린다고 하지만."

"그건 나도 동감."

모용천이 어깨를 으쓱거렸다.

이렇게 책을 들고 있는 모습을 봐도 이상하게 어울리지 않아서였다.

“앉아. 근데 안줏거리가 딱히 없는데.”

“과일이면 충분하지. 물도 있고.”

“평소에는 술도 잘 안 마시는 녀석이.”

모용천에게 자리를 권하며 석진호가 피식 웃었다.

혼자서도 간혹 술 한잔씩 한다는 북궁혁과 달리 모용천은 바른생활 청년이었다.

그를 알고 있는 모든 이가 인정할 정도로 말이다.

그런데 이렇게 먼저 술병을 들고 찾아오자 석진호는 짐짓 모르는 척 앞에 앉았다.

“자주 안 마신다고 해서 술맛을 모르는 건 아니지. 다만 혁이처럼 들이붓지 않을 뿐이지.”

“그 녀석은 아예 끝장을 보니까.”

“북해 출신은 다 그런가? 한 어르신도 진짜 잘 드시던데.”

“말술이시지.”

이름을 밝히지 않고 그냥 한노라고 불러 달라던 중년인을 떠올리며 석진호도 고개를 끄덕였다.

북해 출신은 둘밖에 모르는데 그 두 사람이 워낙에 술을 잘 마시니 자연스레 북해 사람들은 술을 잘 마신다는 생각이 들 수밖에 없었다.

"신기한 건 그러고도 다음 날 멀쩡하더라고. 주정을 배출하지도 않는 것 같던데."

"둘 다 마음을 너무 놓고 있어. 여기는 북해가 아닌데."

"그러니까 더 편하지 않을까? 북해에서는 신경 써야 할 게 많잖아. 체면도 차려야 하고. 소궁주 자리가 확고하다고 하지만 알게 모르게 신경도 쓰일 테고. 반면에 여기는 좀 자유롭지. 무관이기는 하지만 무림하고는 크게 연관이 없고."

"해서 너도 취할 때까지 마시겠다?"

"난 혁이처럼은 못 하겠더라고."

모용천이 장난스럽게 웃었다.

술을 즐길 줄은 알지만 그렇게 과음하는 건 그의 성향과 맞지 않았다.

아무리 승천무관이 편하다고 해도 무인인 이상 어느 정도의 긴장감은 늘 가지고 있어야 했다.

가능성은 거의 없지만 만약의 사태가 일어날 수도 있고 말이다.

'그러기에는 머물고 있는 이들이 전부 다 거물급들이지만 말이지.'

북궁혁은 말할 것도 없고 한노 역시 대단한 고수였다.

거기에 남궁수와 남궁연을 비롯해서 남궁세가의 무인들도 있고, 천하에 이름 높은 풍절 역시 현재 승천무관에 머물고 있는 중이었다.

그런 만큼 그의 걱정은 어떻게 보면 쓸모없는 걱정일지도 몰랐다.

"풍절 대협은 가능할 것도 한데, 혁이가 의외로 깔끔한 성격이라."

"전형적인 명문 세가 자제 느낌이지."

"그건 너도 있고."

"에이, 난 그런 쪽은 아니지. 오히려 잡초 쪽에 가깝지. 아직은 이런 게 편하기도 하고."

"소탈한 게 나쁘진 않지만, 슬슬 준비해야지. 모용세가를 일으켜 세워야 하는데."

방에 있던 과일을 대충 접시에 담으며 석진호가 찻잔을 내밀었다.

술을 즐기지 않기에 술잔으로 쓸 게 찻잔밖에 없어서였다.

한데 그런 사정까지 신경 쓴 것인지 술병을 따자 독한 냄새가 풍겨 왔다.

"마룽이에게 부탁해서 얻은 소홍주야. 진짜배기지."

"비싼 술을 가져왔네?"

주당으로 알려져 있는 풍절보다 더 많은 술을 마셔 본 석진호였다. 직전의 전생에서는 천하에서 귀하다는 술은 거의 다 마셔 보았고.

그렇기에 석진호는 향만 맡아도 어느 정도의 수준인지 바로 알 수 있었다.

"다른 사람도 아니고 승천무관주님과 마시는 술인데 급은 어느 정도 맞춰야지."

"그것보다는 취하고 싶어서 가져온 거 같은데. 고민이 뭐야?"

모용천이 따라 주는 소홍주를 받으며 석진호가 물었다.

이 시간에, 그것도 홀로 찾아왔다는 건 그만한 이유가 있을 게 분명해서였다.

"너한테 상담을 좀 받고 싶어서."

"상담?"

"응. 정확하게는 고민 상담이라고 해야 하나."

자신의 잔에도 술을 따르며 모용천이 입맛을 다셨다.

방금 전의 장난기가 서려 있던 얼굴에는 어느새 깊은 고뇌가 떠올라 있었다.

"내가 해결해 줄 수는 없겠지만, 들어 줄 수는 있지. 대화하면서 네가 답을 찾을 수도 있고."

"맞아. 조금 답답하기도 해서. 혁이한테는 말할 엄두가 안 나더라고. 말을 꺼내 봤자 놀릴 게 뻔해서."

"여자 문제인가 보네."

"어떻게 알았어?"

모용천이 화들짝 놀랐다.

마치 귀신을 본 듯한 얼굴로 그는 석진호를 쳐다봤다.

"그냥 딱 떠오르던데. 네 말을 들으니까."

"혁이는 좀 쉽게 생각하는 부분이 있어서 말이지."

"쉽게는 아니고, 자신의 신분을 정확히 알고 있는 거지. 고민할 필요도 없을 테고. 그리고 가벼워 보여도 은근히 칼같이 선을 긋는 게 혁이다."

"진짜 제대로 알고 있네. 남궁세가에서 있었던 일 못 듣지 않았어?"

"무슨 일 있었어?"

술잔으로 용도가 바뀐 찻잔을 들어 올리며 석진호가 반문했다.

용봉지회에 대해서는 들은 바가 전혀 없어서였다.

꼬치꼬치 캐묻는 성격이 아니기도 했고, 일단 용봉지회에 관심이 전혀 없었다.

"내 옆방이 혁이 처소였거든. 근데 둘째 날인가, 셋째 날에 여자 한 명이 혁이한테 찾아갔어. 그것도 야밤에."

"오호."

"물론 금세 쫓겨났지만. 근데 의미는 뻔하지. 육탄 공세 아니었겠어. 북해가 중원에서 멀긴 하지만 끈을 만들어 둬서 나쁠 건 없으니까. 게다가 백괴로 무명이 높기도 하고."

"재밌었겠는데."

석진호가 키득거렸다.

듣기만 해도 재미있어서였다.

그리고 그건 마주 앉은 모용천도 마찬가지였다.

"좀 의외이기도 했어. 혁이 마음가짐이 오는 여자 안 막고 가는 여자 안 잡는 거잖아. 근데 내가 옆방에 있어서인지 그냥 보내더라고."

"취향이 아니었을 수도 있어. 딱 봐도 눈이 엄청 높아 보이잖아."

"너도 마찬가지고."

"난 눈이 높은 쪽이 아니라, 관심이 딱히 없는 거야."

석진호는 선을 딱 그었다.

그라고 여자를 싫어하지는 않았다.

다만 말한 대로 관심이 없을 뿐이었다.

"나한테는 아직 내 마음을 흔들 여자가 나타나지 않았다는 말로 들리는데?"

"그럴 리가. 당 소저는 매력적이고 아름다운 여인이지."

"그런데도 네 마음을 흔들지 못하고 있잖아?"

"좀 다른 문제다. 여러 가지 복합적인 사정이 뒤섞여 있으니까. 근데 본론은 언제 꺼낼 거야? 벌써 반이나 마셨는데."

"음……."

정곡을 찔러 오는 석진호의 말에 모용천이 침음을 흘렸다.

이렇게 찾아오기는 했지만 여전히 고민하는 기색이었다.

그러다가 결심이 섰는지 모용천이 소홍주를 단숨에 들이켰다.

"시간은 많으니까 고민은 충분히 해. 하루 이틀 밤새운다고 해서 우리가 피곤함을 느끼는 몸도 아닌데.”

“좋아하는 사람이 생겼어. 근데, 자신이 없다.”

“어떤 부분이?”

“……아직 내가 준비가 덜되어 있잖아. 내 실력에 대해서 확신도 있고 미래에 대해서 자신도 있지만, 이건 내 생각이잖아. 다른 사람의 생각은 다를 수 있지.”

“그쪽 집안에서 반대할 것 같다는 말이로구만.”

석진호가 고개를 주억거렸다.

대략적인 설명만 들어도 감을 잡을 수 있어서였다.

“맞아. 여기까지 말한 이상 숨기는 것도 이상하지. 백리선 소저다.”

“백리세가라. 확실히 어중간하긴 하네.”

“어중간하다니. 그래도 명문 세가인데.”

“옛날의 모용세가에 비하면 격이 좀 떨어지기는 하지.”

석진호가 모용천의 편을 들어 줬다.

한때 천하제일가라는 이름으로 불렸던 모용세가에 비해 백리세가는 딱히 강호에 큰 족적을 남기지 못했다.

언제나 명문 세가 중 한 곳으로만 존재했다.

“네 말대로 옛날이야기지. 지금은 몰락한 가문인데.”

“역사는 충분하지. 다시 일어서는 것도 시간문제이고.”

“그게 가장 큰 문제야, 시간이. 당장 지금의 나는 몰락한 가문의 후예일 뿐이니까.”

"근데 백리 소저의 마음은 어때? 난 그것도 중요하다고 생각하는데."

"……."

모용천이 입을 다물었다.

그러더니 복잡한 표정을 지었다.

백리선에게 반하기는 했으나 솔직히 그녀와 심도 깊은 대화를 나눈 적은 없었다.

몰래 훔쳐본 적은 많아도 말이다.

"보아하니 딱히 깊은 교류가 있었던 건 아닌 듯싶은데?"

"연애도 안 해 본 녀석이 왜 그렇게 잘 알아?"

"눈치는 빠르거든. 그리고 이런 쪽 문제는 원래 제삼자가 잘 봐. 당사자들은 눈이 멀어 있는 상태니까."

반박할 여지가 없는 말에 모용천은 입맛만 다셨다.

그러고는 안주에는 손도 안 대고 연거푸 소홍주를 입안에 털어 넣었다.

"네 말도 맞네. 나 혼자만의 짝사랑일 수도 있으니까. 백리 소저는 다른 사람을 연모할 수도 있지."

"그럼에도 너는 데려오고 싶다는 거 아냐. 말하고 보니 이거 완전 도둑놈 심보네? 서로 간의 마음이 있는 것도 아니고 내가 좋아하니 데려오고 싶다, 이거잖아?"

"말이 그렇게 되나?"

모용천이 순간 멍한 표정을 지었다.

말을 들어 보니 틀린 소리는 아니어서였다.

동시에 너무 자기 자신만 생각했다는 생각이 들었다.

"그래도 패기는 나쁘지 않네. 좋아하는 사람이 생겨서 고민하는 건 청춘의 권리이니까. 언제 또 그렇게 막무가내로 이성을 좋아해 보겠어?"

"또 애늙은이 같은 소리 한다."

"내가 누누이 말했지, 정신연령으로는 너희 둘보다 내가 어마어마하게 높다고?"

석진호가 단호하게 검지를 휘둘렀다.

말해 줄 수 없어서 그렇지 어마어마하다는 단어로도 표현할 수 없는 격차가 그와 모용천에게는 있었다.

괜히 그가 낙향 생활을 하는 게 아니었다.

모든 걸 다 이루고 누려 봤기에 이런 생활도 순수하게 즐길 수 있는 것이었다.

"내가 보기에는 딱히 차이가 있어 보이지는 않는데."

"그건 네 생각이고. 어쨌든 백리 소저와 진지하게 만나 보고 싶다는 거 아냐?"

"맞아."

"걱정되는 부분은 네가 자리 잡을 때까지 과연 백리 소저가 혼자 있을 수 있냐는 거고. 지금 백리 소저 나이가 어떻게 되지?"

무림오화를 전부 다 만나 보기는 했지만 나이에 대해서는 잘 몰랐다.
그나마 아는 게 팽나연뿐이었고.
"올해 스물하나."
"연상이구만?"
석진호가 고개를 주억거렸다.
어째서 모용천이 조급해하는지 알 수 있어서였다.
스물하나면 아무리 무가의 여식이라 하더라도 나이가 많은 편이었다.
"꼭 연상이라서 좋아하는 건 아니고."
"알지. 사람을 좋아하는 데 이유는 필요 없으니까."
모용천이 두 눈을 동그랗게 떴다.
설마하니 석진호가 이런 말을 할 줄은 몰라서였다.
"네 입에서 그런 말이 나올 줄은 몰랐는데."
"나에 대해서 전부 다 알고 있는 사람은 없어."
"객잔주님도?"
"유모는 가장 많이 아는 사람이지 날 전부 다 아는 사람은 아니다."
석진호가 의미심장한 표정을 지었다.
그런데 그 순간 모용천은 왠지 모를 위화감이 들었다.
이상하게 서늘한 느낌이 들었던 것이다.
"단호하네."
"사실이니까. 흐음, 일과 사랑이라. 하필이면 걸려도 힘든 고민이 걸렸네."

"어떻게 보면 답은 나와 있지만……."

"중요한 건 네가 원하는 답은 아니라는 거지."

"맞아."

우울한 얼굴로 모용천이 소홍주를 따랐다.

단순하게 생각하면 한없이 단순하게 풀 수 있는 게 지금의 문제였다.

다만 그럴 수가 없는 건 그의 감정 때문이고.

"가장 좋은 결과는 둘 다 놓치지 않는 건데, 그게 말처럼 쉽지는 않지. 일단 백리세가 쪽에서는 너보다 더 나은 선택지가 많으니까. 괜히 스물하나가 될 때까지 시집을 안 보낸 게 아니지."

"용봉지회 때 한번 만나기는 했다. 기회주의자 같은 느낌이더라고."

"미래의 장인이 될지도 모르는 사람한테 기회주의자라니."

"나쁜 의미로 말한 게 아니야. 그리고 가주라면 그게 당연한 것이기도 하고."

계산적인 건 절대 나쁘지 않았다.

오히려 아무 생각 없이 사는 이가 위험했다.

너무 호방한 것도 가주로서는 좋지 않은 자질이었고.

차라리 백리세가주 같은 성격이 한 가문의 수장으로서는 훨씬 나았다.

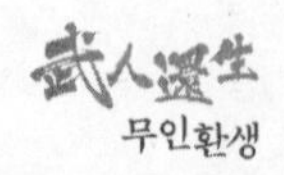

"넌 생각이 너무 많아. 그냥 마음이 가는 대로 해도 되는데. 까이면 마음 정리하기가 쉽지 않겠어?"

"……왜 까인다고 생각하는 거야?"

"확률은 반반이니까? 시도하기 전에는 무조건 반반이지. 그리고 고민은 마음이 같을 때 해도 될 것 같은데."

"그렇지?"

모용천의 얼굴이 조금은 밝아졌다.

안 그래도 그 역시 그 부분을 생각하고 있었다.

자신 혼자 너무 앞서가는 건 아닐까 하는.

"마음이 같다면 백리세가주와 담판을 지어, 남자답게. 비록 지금은 가진 게 얼마 없지만 앞으로는 다를 거 아냐. 백리세가 입장에서도 모용세가가 재건되면, 다시 오대세가의 자리를 차지하면 나쁠 것 없지. 냉정하게 말해 백리 소저의 미모가 대단하다고 하나 오대세가의 후계자들하고 맺어질 가능성은 희박하니까. 될 거였으면 진즉에 혼례를 올렸겠지. 백리 소저의 나이도 슬슬 걸릴 테고."

"널 찾아오기를 잘한 거 같아."

"당연하지. 혁이랑 비교하면 쓰나. 그 녀석은 대뜸 자빠트리라고 할걸."

"나도 그렇게 생각해."

한결 편안해진 표정으로 모용천이 고개를 주억거렸다.

확실히 혼자 끙끙 앓는 것보다는 나은 것 같아서였다.

더불어 냉정하게 자신의 현 상황을 곱씹어 볼 수도 있었고.

"자신을 가져. 너 지금 육룡보다 더 높은 곳에 있는 후기지수야. 백리세가 입장에서도 결코 나쁜 혼처가 아니라고. 당장도 중요하지만 앞으로의 가치도 생각해야지."

"그렇게 따지면 오대세가의 소가주들만큼이나 안정적인 혼처도 없지."

"잘된다면야 그렇지. 근데 내가 듣기로는 딱히 혼담이 오가는 곳이 없던데?"

"물밑 작업이 한창이겠지. 어쨌든 고맙다."

"도움이 되었다니 다행이네."

찾아왔을 때보다 확연히 밝아진 모용천의 얼굴에 석진호가 옅게 웃었다.

다행히 아예 도움이 안 된 것 같지는 않아서였다.

"안 물어보냐?"

"물어봐서 뭐 해, 네가 알아서 잘할 텐데. 어느 쪽이든 난 네 결정을 존중하고 응원한다."

"……고맙다."

냉소적인 듯하면서도 누구보다 세심하게 배려하는 게 석진호였다.

그 사실을 이번에 다시 한번 확인하며 모용천이 자리에서 일어났다.

"친구 사이에 고맙기는. 만약에 내 도움이 필요하면 얘기하고."

"이미 충분히 도움을 받고 있으니 괜찮아. 고민 상담 들어줘서 고맙고, 밤에 시간을 빼앗아서 미안하다. 내일 보자."

"그래."

말끔하게 다 마신 술병을 챙기며 모용천이 자리에서 일어났다.

그런 그에게 석진호는 앉은 채로 손을 흔들며 배웅했다.

오늘도 어김없이 연무장 한쪽에 자리 잡은 풍절이 호리병을 흔들며 못마땅한 표정을 지었다.

승천무관에 머문 지 며칠이 지났음에도 궁금증을 해소할 기미가 보이지 않아서였다.

"진짜 너무하네. 저 정도 기다렸으면 한 번쯤은 어울려 줄 법도 한데."

"석 공자님 말씀이시죠?"

"그래."

슬그머니 다가온 남궁연을 쳐다보지도 않고 풍절이 대답했다.

그런 그의 시선은 관도들을 지도하는 석진호에게 향해 있었다.

뒷짐을 진 채로 자세를 교정해 주고 이런저런 조언을 해 주고 있었으나 석진호는 절대 무공을 펼치지 않았다.

가끔 관도들과 단체 대련도 한다고 들었는데 그는 정작 단 한 번도 보지 못했다.

"그래도 저희 오빠는 크게 실망하지 않고 있어요. 때가 되면 겨룰 수 있을 거라 생각하더라고요."

"생각했던 것보다 인내심이 길어. 나였으면 대뜸 칼부터 휘둘렀을 텐데."

"그건 좀……."

남궁연이 어색하게 웃었다.

만약 그렇게 했다면 남궁수나 그녀나 이렇게 승천무관에 머무르지는 못했을 터였다.

"말이 그렇다는 거지. 설마하니 내가 등이라도 떠밀까 봐? 내가 이래라저래라 할 수 있었으면 이렇게 하염없이 기다리기만 하지는 않았을 게다."

난감해하는 남궁연을 향해 풍절이 히죽 웃었다.

답답하기는 해도 그렇게까지 할 마음은 없다는 듯이 말이다.

그리고 지루하기는 해도 나름 구경하는 재미가 있었다.

"진담이신 줄 알고 깜짝 놀랐어요."

"그렇게 하면 쫓겨나는 건 너희 남매뿐만이 아닐걸, 흘흘!"

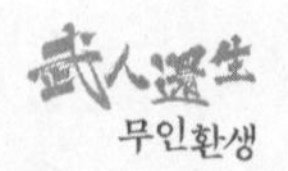

"석 공자님이 대단하시기는 하죠."

"맞아. 같이 삼괴로 불리는 저 둘도 석 관주에 비하면 보름달 아래 반딧불 정도야."

남궁연이 고개를 주억거렸다.

북궁혁과 모용천의 무명이 가파르게 상승하고 있다고 하지만 석진호에 비할 바는 아니었다.

괜히 부친이 그녀를 승천무관에 보낸 게 아니었다.

"남궁세가에서도 알고 있나?"

"무엇을 말씀하시는 건가요?"

"도화가 떠난 진짜 이유에 대해서."

"……그런 게 있나요?"

"흘흘! 알면서 모른 척하기는."

풍절이 키득거렸다.

남궁연의 눈동자에 떠오른 미약한 동요를 그는 놓치지 않았던 것이다.

그리고 그것 말고는 남궁연까지 온 게 설명이 되지 않았다.

진짜 벽을 넘기 위해서 승천무관을 찾은 것이라면 남궁수 혼자만 왔어야 했다.

"저는 우연찮게 들었어요."

"그랬을 테지. 부친에게 말이야."

"……."

대답이 없었으나 그것만으로도 풍절에게는 충분했다.

이해가 안 가는 것도 아니었고 말이다.

'진짜 이해가 안 되는 쪽은 오히려 저 녀석이지.'

다른 곳도 아니고 사천당가 쪽에서 혼례를 올리자고 매달리고 있었다.

그 자존심 높은 사천당가가 딸까지 보내 가며 말이다.

한데 석진호는 그런 사천당가에 답을 안 하고 있었다.

'도화도 품을 수 있었지만 그러지 않았고.'

잘 알려지지 않은 사실이지만 풍절은 팽나연과 쌍색귀의 일도 알고 있었다.

하북팽가에서 원치 않았기에 소문이 나지 않았을 뿐 지금은 웬만한 이는 다 알고 있는 사실이었다.

'대놓고 움직인 남궁세가 말고도 혼담을 넣은 곳은 엄청나겠지.'

최고라 불리던 육룡을 단숨에 끌어내린 게 석진호였다.

그것도 명문 무가나 대문파 출신도 아닌 일개 상가 출신이 말이다.

때문에 석진호의 가치를 훨씬 더 높게 평가하는 이들도 있었다.

어떻게 보면 진짜 밑바닥에서부터 올라온 것이나 마찬가지였으니까.

"응?"

질리지도 않는지 오늘도 번갈아 가며 대련을 하는 북궁혁,

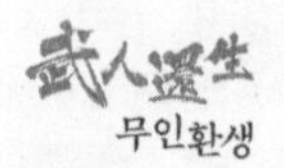

모용천, 남궁수를 지루한 얼굴로 쳐다보던 풍절이 눈을 반짝였다.

새로운 인물이 승천무관을 찾아서였다.

딱 봐도 남매로 보이는 일남일녀였는데 특이하게도 승천무관 사람들처럼 늑대를 한 마리씩 데리고 있었다.

하지만 풍절의 시선을 끈 건 늑대가 아니었다.

"청송표국의 표국주와 부국주네요."

"허허, 여기는 진짜 신기한 곳이네. 천재나 기재가 뭐 이리 많아?"

풍절이 살짝 놀란 표정을 지었다.

오늘도 살벌하게 대련을 하는 셋과 또래로 보이는 청년의 무위 역시 범상치가 않아서였다.

세 사람과 비교하면 살짝 떨어지기는 하지만 나이를 생각하면 상당히 뛰어난 수준이었다.

육룡과 비교해도 크게 뒤떨어지지 않을 정도로 말이다.

"그 정도예요?"

"육룡의 말석 정도는 되겠구나."

"……!"

남궁연의 동공이 확대되었다.

청송표국의 젊은 표국주가 상당한 고수라는 건 그녀도 얼핏 들은 적이 있었다.

그런데 풍절의 말을 들으니 소문이 과소평가된 듯싶었다.

"더 이상은 놀랄 일이 없을 거라고 생각했는데."

친근하게 석진호와 인사하는 도주윤, 도지윤 남매를 보며 풍절이 고개를 절레절레 저었다.

이상하게 이곳에는 평범한 이가 없는 것 같아서였다.

관도들도 마찬가지고.

아마 구파일방이었다면 거들떠보지도 않았을 재능들인데 신기할 정도로 기초가 잘 다져져 있었다.

"처음 뵙겠습니다, 풍절 대협! 청송표국의 도주윤이라고 합니다!"

"안녕하세요, 도지윤입니다."

석진호와 모용천, 북궁혁, 남궁수와 인사를 나눈 남매는 풍절에게도 다가왔다.

배분은 물론이거니와 나이로 따져도 한참이나 선배이기에 먼저 인사하러 온 것이었다.

"반갑네. 나에 대해서 설명은 하지 않아도 되겠지?"

"물론입니다."

뒤이어 도주윤, 도지윤 남매는 남궁연과도 인사했다.

그런데 공력으로 후각을 차단하는 게 가능한 도주윤과 달리 무공을 익히지 못한 도지윤은 연신 기침을 했다.

온갖 악취가 뒤섞인 냄새가 콧속을 찌를 듯이 파고들었기에 견디지 못했던 것이다.

"죄, 죄송합니다!"

"괜찮아, 괜찮아. 하루 이틀 겪는 것도 아닌데. 오히려 내가 사과해야 하는 점이기도 하고."

붉어진 얼굴로 도지윤이 고개를 숙였다.

하지만 그녀의 사과에 풍절은 오히려 손을 휘저었다.

범인에게 자신의 악취는 독에 가깝다는 걸 잘 알아서였다.

"가, 감사합니다."

"바람으로 막은 건 임시방편에 불과하니까 그만 돌아가 봐. 굳이 여기 있지 않아도 되니까."

손바람으로 자신의 몸에서 나는 악취를 어느 정도 차단시킨 풍절이 빙긋 웃으며 말했다.

도지윤은 안절부절못했지만 이런 반응이 너무나 오랜만이었기에 풍절은 재미있었다.

어느 순간부터 도지윤과 같은 평범한 사람들과 대화하는 게 줄었기에 신선하면서 즐거웠던 것이다.

자신은 그대로인데 주변의 인식이 크게 달라진 느낌이었다.

"그럼 저는 이만……."

"그래그래."

풍절을 향해 허리를 깊게 숙여 인사한 도지윤이 황급히 물러났다.

평소대로 소하정과 채소설이 있는 주방으로 향했던 것이다.

그러면서 그녀는 새삼 남궁연의 미모에 감탄했다.

풍절의 몸에서 흘러나오는 그 엄청난 악취 속에서도 남궁연은 홀로 고고하게 미모를 빛내고 있었다.

'관주님 때문에 온 것이겠지?'

굳이 묻지 않아도 짐작이 가는 상황에 도지윤이 씁쓸한 표정을 지었다.

승천무관의 이름이 드높아질수록, 석진호의 무명이 널리 알려질수록 점점 멀어지는 듯한 느낌이 들어서였다.

하지만 도지윤은 몰랐다.

그녀의 뒷모습을 남궁연이 묘한 눈으로 바라보았다는 것을 말이다.

"풍절 대협."

한편 남궁수를 위시로 북궁혁과 모용천이 풍절에게 다가왔다.

누가 봐도 할 말이 있는 얼굴로 말이다.

"왜?"

"실례가 안 된다면 대련을 부탁드려도 되겠습니까?"

"호오."

정중한 남궁수의 부탁에 풍절이 눈을 반짝였다.

안 그래도 지루함에 잠이 솔솔 오던 찰나였다.

정작 보고 싶은 석진호는 좀처럼 무공을 보여 주지 않기에 하품만 쩍쩍 나왔는데 세 사람이 대련을 부탁하자 풍절은 벌떡 일어났다.

"셋 다?"
"예. 피곤하시면 하루에 한 명씩이라도……."
남궁수가 말끝을 흐렸다.
풍절과 안면은 있지만 그렇다고 친분이 있는 사이는 아니었기에 아무래도 조심스러울 수밖에 없어서였다.
그런데 의외로 풍절은 흔쾌히 고개를 끄덕였다.
"잘 먹고 잘 잤는데 피곤할 게 뭐 있어. 안 그래도 몸이 근질근질했는데 잘됐네."
"감사합니다!"
"삼괴의 무위가 궁금하기도 했고 말이지, 흘흘!"
북궁혁과 모용천을 지나 그의 시선이 삼괴의 우두머리라 할 수 있는 석진호에게로 향했다.
하지만 분명 이 대화를 듣고 있을 텐데도 석진호는 이쪽에 눈길 한번 주지 않았다.
관심 없다는 듯이 관도들과 무공 교두들만 상대했던 것이다.
'나서지 않고는 못 배기게 만들어 주지.'
풍절이 자신만만하게 웃었다.
언뜻 보면 동네에서 흔하게 볼 수 있는 노개였지만 그는 당대 천하십대고수의 일인이었다.
그 대단하다는 남궁세가의 소가주가 쭈뼛거리며 대련을 부탁할 정도로 말이다.

그렇기에 대련하는 자신의 모습을 보면 석진호도 몸이 달아오를 게 분명했다.

"누구부터 나설 게야?"

"저부터 하겠습니다."

"안 그래도 북해빙궁의 무공이 궁금했었는데 말이지, 흘흘!"

"실망하지는 않으실 겁니다."

"패기도 좋고."

호기롭게 웃으며 다가오는 북궁혁의 모습에 풍절이 히죽 웃었다.

젊은이다운 패기를 느낄 수 있어서였다.

이윽고 두 사람 사이에서 무지막지한 경력이 휘몰아쳤다.

볼품없는 모습과 달리 풍절의 쌍장에서 뿜어져 나오는 경기는 어마어마했다.

"어후!"

백색과 황색의 강기가 순식간에 사방을 휩쓰는 광경에 모용천이 고개를 저으며 뒤로 물러났다.

그러면서 그는 관도들에게 피해가 가지 않게 사방으로 뿌려지는 강기를 상쇄했다.

"엄청나네요."

"그러게요."

모용천과 마찬가지로 관도들의 앞을 가로막은 도주윤이 질린 표정을 지었다.

그로서는 잔재들을 막는 것조차 힘겨워서였다.

하지만 그래서 더 의욕이 샘솟았다.

어떻게든 북궁혁을 따라잡겠다고 말이다.

'지금은 격차가 상당하지만 나중에는 다를 거야.'

도주윤이 두 눈을 형형하게 빛냈다.

호승심을 숨기지 않았던 것이다.

그러나 정작 풍절이 불타오르기 원했던 석진호는 심드렁한 얼굴로 집무실에 들어갔다.

북궁혁과 풍절의 대련을 지켜보라고 하고는 자신의 일을 하러 건물로 걸어갔던 것이다.

콰콰콰쾅!

굉음과 함께 연무장 곳곳에서 폭발이 일어났지만 석진호는 뒤도 돌아보지 않았다.

다른 이들은 풍절의 무공이 궁금하겠지만 그는 아니었다.

쿠웅!

불타던 산문이 허물어졌다.

오랜 세월 문파의 얼굴을 담당하던 산문이 끝내 재가 되었던 것이다.

그리고 그와 비슷한 광경이 곳곳에서 벌어지고 있었다.

"막아라! 적을 막아!"

퍼어엉! 퍼펑!

처절한 일갈이 폭발음에 가려졌다.

폭음도 폭음이지만 곳곳에서 단말마가 터져 나왔던 것이다.

그 모습에 점창파의 장문인이 허무한 표정을 지었다.

갑작스러운 습격도 습격이지만 이런 식으로 공격해 올 줄은 몰라서였다.

"장문인! 우선 물러나야 합니다! 일단 물러나서 전열을 가다듬고……!"

"우리가 물러나면? 그럼 제자들은 어떡하고?"

장로의 말에 장문인이 버럭 소리를 질렀다.

일파의 장로가 제자들을 버려야 한다고 하자 울컥한 것이었다.

하지만 장로도 참담한 얼굴로 말을 이었다.

"지금은 물러나야 합니다. 장문인이 계셔야 후일을 도모할 수 있습니다."

"맞습니다. 이대로 있다간 이도 저도 안 됩니다. 제자들의 죽음은 안타깝지만 우선은 전열을 가다듬는 게 먼저입니다. 그래야 복수도 할 수 있습니다."

냉정하게 따지자면 장로들의 말이 옳았다.

하지만 그럼에도 장문인은 발이 떨어지지 않았다.

사문의 존립이 제자들의 목숨보다 중하다는 생각이 들지

않아서였다.

또한 제자들을 지켜 주지 못하는 사문이 과연 존재할 필요가 있나 하는 생각도 들었다.

콰아앙!

그때 가까운 곳에서 폭발음이 들렸다.

이 짧은 사이에 더욱 가까워졌던 것이다.

"나는 가지 않는다."

"장문인!"

"대신 운학이가 어린 제자들을 데리고 물러난다."

"그럴 수 없습니다!"

사형제 중 막내인 운학이 시뻘게진 얼굴로 소리쳤다.

장문인과 함께라면 모를까 혼자 물러날 생각은 눈곱만큼도 없어서였다.

하지만 장문인의 눈빛은 냉엄했다.

"나는 점창파의 장문인이다. 그런 내가 도망친다면 어떤 제자가 사문을 위해 목숨을 바치겠느냐? 또한 나 역시 점창의 제자다. 죽더라도 이곳에서 죽을 것이다."

"하오나……!"

"명령이다, 운학아."

"……!"

운학이 두 주먹을 불끈 쥐었다.

다른 이도 아니고 장문인의 지엄한 명이었다.

그렇기에 그는 더 이상 불복할 수 없었다.

대신 온몸을 부르르 떨었다.

"그리고 왜 내가 죽을 거라 생각하느냐? 나는 대점창파의 장문인이다. 천하에서 나를 죽일 수 있는 자는 그리 많지 않다. 다만 너와 어린 제자들을 내려보내는 건 만약의 사태에 대비해서다. 이길 것이지만, 그래도 혹시 모르니까."

"……알겠습니다."

"서둘러라."

"약속 지켜 주십시오."

"언제 내가 널 실망시킨 적 있더냐? 걱정하지 마라."

장문인이 믿음직스러운 미소를 지어 보였다.

이윽고 운학이 주위에 있던 몇몇 일대제자들과 함께 어둠 속으로 사라졌다.

이대, 삼대제자들이 머무르고 있는 숙소로 향한 것이었다.

"우리도 가자."

"예, 장문인."

운학이 사라진 걸 확인한 장문인이 몸을 돌렸다.

그런데 그때 공터로 수십 개의 검은 그림자들이 나타났다.

"움직일 필요 없어. 우리가 왔으니까."

"어디서 왔느냐!"

제53장 역천마궁(逆天魔宮)

장문인의 쩌렁쩌렁한 일갈이 공터를 갈랐다.

하지만 포위하듯 사방을 에워싼 열세 명은 눈 하나 깜빡이지 않았다.

노성에 상당한 진기가 서려 있었음에도 누구 하나 고통스러워하지 않았던 것이다.

그 모습에 장문인의 주위에 있던 장로들과 일대제자들이 얼굴을 굳혔다.

"아는 게 의미가 있을까? 어차피 죽을 텐데."

"자신 있는 모양이군."

"당연하지. 자신 없이 구대문파 중 한 곳인 점창파를 어찌 습격하겠어? 집어삼킬 자신이 있으니까 덤빈 거지."

"지금껏 수많은 곳들이 본파를 노렸지. 하지만 그 어떤 곳도 본파를, 본산을 점령하지는 못했다."

스르릉.

스산한 목소리와 함께 검이 뽑혀 나왔다.

동시에 장문인을 비롯한 장로들에게서 무시무시한 살기가 뿜어졌다.

불구대천의 원수를 눈앞에 눈 것처럼 하나같이 살벌한 기세를 뿌려 댔던 것이다.

하지만 그런 점창파 무인들의 모습에도 입을 연 남자는 비릿하게 웃기만 했다.

"그럼 이 몸이 최초가 되겠군."

"흥!"

장문인의 검이 빛살처럼 뿌려졌다.

점창파가 자랑하는 비전 절학이자 장문인만이 익힐 수 있다는 사일검법(射日劍法)이 펼쳐진 것이었다.

"사일검법인가."

전광석화라는 말이 부족할 정도로 장문인의 검은 빨랐다.

그조차도 미처 반응하기 힘들 정도로 말이다.

하지만 빠르다고 해서 막지 못할 건 아니었다.

까아앙!

"아니!"

장문인의 입에서 경악성이 터져 나왔다.

지금 이 순간에도 제자들의 비명 소리가 곳곳에서 솟구쳤기에 그는 속전속결로 끝내려고 처음부터 전력을 다했다.

단숨에 눈앞에 있는 남자를 죽이고 제자들을 구하러 갈 생각이었다.

그런데 놀랍게도 그의 검은 남자의 호신강기를 뚫지 못했다.

"빠르면 뭐 하나, 몸에 닿지 않으면 아무런 소용이 없는 것을. 크크큭!"

"닥쳐라!"

남자의 비아냥거림에 장문인이 재차 검을 뿌렸다.

놀라고 있을 새가 없었기에 공력을 가일층 끌어 올리며 사일검법을 펼쳤던 것이다.

하지만 혼신의 힘을 다한 일 검도 남자의 호신강기를 꿰뚫지 못했다.

"소용없다니까."

"흐아압!"

두 번이나 막혔다는 사실에 장문인이 이를 악물었다.

그런데 그때 익숙한 비명 소리가 들려왔다.

사제들의 신음 소리가 그의 귓전으로 파고들었던 것이다.

"딴 데 신경 쓸 정신이 없을 텐데."

까드득!

집중력이 아주 조금 흐트러진 틈을 타 남자의 손이 장문인의 검을 잡았다.

호신강기가 서려 있는 손으로 대뜸 검신을 움켜잡았던 것이다.

그 모습에 장문인의 두 눈에 기광이 번뜩였다.

생각지도 못한 기회가 온 것 같아서였다.

'내공 대결로 쉽게 끝낸다!'

풍기는 기세나 존재감은 자신과 비교해도 크게 뒤떨어지지 않았다.

하지만 겉으로 보이는 남자의 나이는 많이 쳐줘야 서른 남짓 정도로 보였다.

그렇다면 제아무리 천고의 기재라고 하더라도 쌓은 공력에는 한계가 있을 수밖에 없었다.

시간은 누구에게나 공평했으니까 말이다.

우우웅!

반로환동을 했다고 해도, 영약을 먹었다고 해도 상관없었다.

일평생 그가 쌓아 온 공력은 절대 얕지 않기에 장문인은 곧바로 내공 대결에 들어갔다.

단전에 있는 공력을 모조리 끌어 올렸던 것이다.

"크크큭!"

그런데 남자는 조금도 당혹스러운 기색을 보이지 않았다.

오히려 기다렸다는 표정을 지으며 히죽 웃었다.

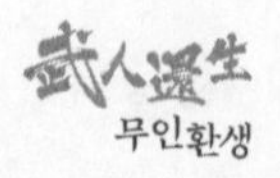

"어?"

그러한 남자의 모습에 당황한 것도 잠시.

장문인의 두 눈이 부릅떠지기 시작했다.

연결된 검신을 따라 그야말로 무지막지한 진기가 쏟아져서였다.

광포한 기세로 파고드는 진기는 그의 공력을 삽시간에 밀어붙이며 단숨에 내부를 헤집어 놓았다.

울컥!

막을 새도 없이 순식간에 내부를 집어삼킨 광포한 진기는 그의 기맥을 가닥가닥 끊어 놓았다.

겉으로는 멀쩡해 보여도 내부는 갈가리 찢어졌던 것이다.

"어려 보인다고 만만하게 보면 안 되지. 방심은 무서운 거라고."

"어, 어떻게……?"

"설명해 줄 이유는 없지만, 뭐 자연스럽게 알게 될 테니까."

푹!

일파의 장문인이자 운남성을 대표하는 검객으로서 검을 놓는 수모는 피했으나 안타깝게도 딱 거기까지였다.

서 있기조차 힘든 장문인은 주저앉았고, 남자의 손은 그런 장문인의 복부를 꿰뚫었다.

정확하게 단전이 있는 곳을 파고들었던 것이다.

"무슨 짓을?"

"잘 먹으마. 덧붙이자면 저승길이 외롭지는 않을 거야. 오늘 밤 같이 가는 사형제들, 제자들이 많을 테니까. 크크큭!"

"서, 설마 이건 흡정……!"

장문인의 얼굴이 순식간에 늙어 갔다.

팽팽하던 얼굴에는 잔주름이 빠르게 생겨났고 머리카락은 백발이 되었다.

그뿐만 아니라 몸은 목내이처럼 삐쩍 말라 갔다.

"새로운 세상이 열릴 거다. 너는 그 밑거름이 되는 거고. 참 의미 있는 일이 아니냐? 무림의 하늘이라 불리던 네놈들을 끌어내리고 새로운 세상을 여는 게."

"끄어어억!"

남자가 키득거리며 말했지만 장문인은 듣기 못했다.

평생 쌓아 온 공력은 물론이고 정혈이 모조리 빨리고 있었기에 아무런 말도 들리지 않았던 것이다.

"꺼어억!"

그리고 그 광경은 곳곳에서 똑같이 벌어지고 있었다.

열두 명이 한 명 내지 두 명의 단전에 손을 꽂아 넣고 정혈을 흡수했던 것이다.

몇몇은 아예 산 채로 심장을 뽑아내 자신의 입안에 집어넣었다.

"크흐흐흐!"

인간의 외형이었지만 풍기는 분위기는 인외의 존재였다.

그런 제자들의 모습을 보던 남자가 시체가 된 장문인을 짐짝처럼 던졌다.

"즐기는 건 생포한 후에 해도 늦지 않다. 움직여라."

"존명."

남자가 직접 거둔 열두 제자들이 나지막하게 대답하며 사방으로 흩어졌다.

나름의 선별 작업이 필요하기에 각자 흩어진 것이었다.

동시에 괜찮은 무인을 선점할 겸해서 말이다.

"점창파는 시작에 불과해. 구파일방, 오대세가. 모조리 집어삼켜 주마."

시체와 불길이 가득한 곳에서 광기 어린 눈동자가 희번덕였다.

시끌벅적하던 게 거짓말이었던 것처럼 승천무관은 조용했다.

빈객으로 머물던 이들이 대거 승천무관을 떠나서였다.

북궁혁과 모용천, 당무린은 함께 강호를 돌아본다며 떠났고, 꽤나 오랫동안 머물 것처럼 얘기하던 남궁수 역시 여동생을 데리고 본가로 돌아갔다.

거기에 풍절은 기다리고 기다리다가 제풀에 지쳐 승천무관을 나섰다.

"여유롭군."

손님들이 한꺼번에 떠났지만 석진호는 조금도 아쉬워하지 않았다.

인연이라는 게 만남이 있으면 헤어짐도 있어서였다.

게다가 각자 목표가 있어서 떠난 것이었기에 석진호는 속으로 응원해 주었다.

"관주님!"

겨울이 오려는지 창문을 통해 들어오는 바람에 서늘함이 있었다.

며칠 사이에 확연하게 달라진 찬 바람을 느끼며 한가하게 차를 한잔하는데 복도에서 다급한 정마륭의 목소리가 들려왔다.

"뭐가 그리 급해?"

"크, 큰일 났습니다!"

"왜 그래? 전쟁이라도 났어?"

"예!"

석진호의 눈썹이 꿈틀거렸다.

농담 삼아 한 말인데 진짜 전쟁이 났다고 하자 살짝 놀란 것이다.

"운남성의 점창파가 역천마궁이라는 놈들에 의해서 멸문

했답니다! 그뿐만 아니라 운남성을 시작으로 인접해 있는 광서성과 광동성도 점령했다고 합니다!"

"점창파가 멸문했다고?"

"예! 진산제자들이 남아 있다고는 하는데 멸문한 것이나 마찬가지랍니다! 점창산은 물론이고 점창파의 모든 전각들이 소각되었다고 합니다!"

얼마나 놀랐는지 정마륭이 속사포처럼 말을 쏟아 냈다.

다른 곳도 아니고 구대문파 중 한 곳이 멸문지화를 입었다고 하자 크게 놀란 모양이었다.

"역천마궁이라."

"점창파의 살아남은 제자들이 속가제자들을 끌어모으는 한편 구파일방과 오대세가에 도움을 요청했다고 합니다. 역천마궁이 팽창하는 기세가 무섭기도 하지만 더 중요한 문제는 궁도들에게 폭사공을 전수한다고 합니다. 원한을 이용해 일반 양민들은 물론이고 하류 무사들에게 폭사공을 가르쳐 무문들을 공격한다고 합니다. 그런데 모여드는 숫자가 어마어마하다고 들었습니다."

"복수를 위해서인가."

"아무래도 이름난 문파나 세가일수록 이런저런 은원 관계가 있을 수밖에 없으니까요. 그리고 대놓고 꼬드긴다고 합니다. 세상을 바꾸자면서요. 그래서인지 산적이나 수적의 입궁도 많다고 합니다."

석진호가 고개를 주억거렸다.

사람이란 존재가 꼭 이성적이지만은 않았다.

또한 복수를 이룰 수 있다면 자신의 목숨을 던지는 이들이 상당히 많았다.

듣자 하니 역천마궁은 바로 그 점을 노리는 것 같았다.

"새로운 세상이라."

"구파일방과 오대세가 등을 몰아내고 무림에 새로운 질서를 세우겠답니다."

"말은 그럴싸하군."

현재는 정도무림이 득세하고 있지만 과거에는 마도나 사도가 중원을 지배했던 적이 있었다.

그럴 때마다 구파일방과 오대세가를 중심으로 똘똘 뭉친 정도무림이 평화를 위해 사투를 벌여 왔고.

사실 평화라고 하지만 무림에서 칼부림이 없다는 건 말이 되지 않았다.

그저 마도천하나 사도천하의 시대보다 좀 더 평화로운 것일 뿐.

"역천마궁으로 인해 무림맹이 발족해도 이상하지 않을 분위기입니다. 일단 점창파가 무너졌으니까요. 무림맹이 발족하지 않더라도 무림공적은 될 것 같습니다."

"근데 그 얘기는 어디서 들었어?"

"석풍표국과 석가장에서 거의 동시에 전서응이 왔습니다.

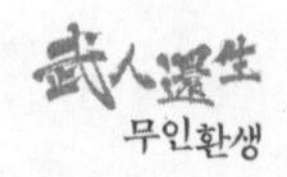

현재 상황이 이렇다고요. 개방에서도 사람이 왔습니다.”

“개방이라.”

석진호가 실소를 흘렸다.

누가 사람을 보냈는지 예상이 가서였다.

또한 그 저의 역시도.

“오라버니!”

석진호가 생각에 잠겨 있을 때 이번에는 당하린의 목소리가 들렸다.

다급함이 느껴지는 발소리와 함께 말이다.

이윽고 문이 열리며 딱딱하게 굳은 얼굴의 당하린과 당아린이 들어왔다.

“사천당가에서도 소식이 온 모양이네.”

“들으셨어요?”

“제가 지금 막 관주님께 보고드렸습니다, 아가씨.”

당하린의 시선이 자신에게 닿자 정마륭이 멋쩍게 웃으며 말했다.

어쩌다 보니 당하린이 뒷북을 치게 만든 셈이 되어서였다.

“괜찮아요. 일단 소식이 전해진 게 중요하죠.”

“당가에서 알려 준 소식도 듣고 싶은데. 내가 들은 건 석가장과 석풍표국 그리고 개방에서 간략하게 알려 준 게 전부라.”

“역천마궁이 점창산을 점령하고 성 세 개를 함락한 건 들으셨나요?"

"딱 거기까지."

"알려진 전선은 그렇지만 실제로는 다르대요. 이미 중원 전역에 역천마궁도들이 뿔뿔이 흩어져 있고, 산적들의 움직임이 심상치 않다고 해요. 정확하게는 녹림십팔채가요."

심각한 세 사람과 달리 석진호의 표정은 시종일관 변화가 없었다.

느긋하게 차를 들이켜며 생각을 정리했던 것이다.

"점창파는 선전포고였겠군. 이미 준비가 다 끝났다는 것을 알리기 위한."

"아버지께서도 그렇게 생각하고 계세요. 또한 점창파의 전력이 호남성의 형산으로 모이고 있어요."

"전선을 막기 위함이겠군."

"맞아요."

지도는 없지만 중원은 물론이고 새외에 대해서도 나름 빠삭하게 알고 있는 이가 석진호였다.

그렇기에 머릿속에 그림이 그려졌다.

"무림맹은 모르겠지만 형산에 강남무림의 무문들이 모이겠군."

"무당파를 중심으로 논의 중인 것으로 알고 있어요."

확실히 백도무림의 중심에 있어서인지 사천당가에서 보내준 정보는 질이 달랐다.

그리고 그건 달리 말하면 그만큼 두 딸을 걱정한다는 뜻이기도 했다.

"강북무림의 대표가 소림사라면 강남무림은 아무래도 무당파의 입김이 세니까. 그나저나 두 사람은 어떻게 할 거야?"

"저는 남을 거예요."

"저도요."

당하린은 물론이고 당아린도 일말의 고민 없이 대답했다.

그 모습에 석진호가 의외라는 표정을 지었다.

당하린이야 예상을 했지만 당아린은 아니어서였다.

"그동안 받은 게 많은데 이제 와서 입 싹 닦을 순 없죠. 언니도 걱정되고."

당아린이 어깨를 으쓱였다.

굳이 말하지 않아도, 눈빛만 봐도 석진호의 마음을 알 수 있어서였다.

그리고 승천무관에 정이 든 건 당하린만이 아니었다.

당아린 역시 승천무관에서 맺은 인연들이 소중했다.

"네가 함께해 준다면 진짜 든든할 거야."

"날 대체 어떻게 본 거야? 나 그렇게 몰지각하지 않아. 의리도 있고."

"평상시에는 그런 모습을 전혀 안 보여 주니까."

당하린이 빙그레 웃으며 동생의 손을 붙잡았다.

하지만 그런 언니의 말에도 당아린은 입술을 삐죽 내밀었다.

"두 사람이 있어 준다면 든든하지."

"저에게도 객잔주님과 소설이는 소중해요."

"그리 생각해 주면 고맙지요."

여전히 끝끝내 말을 놓지 않는 석진호의 모습에 당아린이 매섭게 노려봤다.

하지만 석진호는 자연스럽게 시선을 옮겨 당하린을 쳐다봤다.

"당 가주님께서는 생각이 다를 수도 있을 것 같은데. 아무래도 걱정이 될 수밖에 없기도 하고."

"아버지께서는 오히려 승천무관이 더 안전할 수도 있다고 하셨어요. 무관이기는 하지만 강호와는 크게 연관이 없으니까요. 위치도 역천마궁과는 상당히 멀기도 하고. 게다가 인근에 석가장과 석풍표국도 있으니 차라리 승천무관에 머무는 게 나을 거라고 말씀하셨어요."

꼭 그런 이유가 아니더라도 당하린은 승천무관에 남아 있었을 거란 표정으로 대답했다.

석진호가 있는 이곳이 자신이 있어야 할 곳이었으니까.

"그럴 수도 있겠군."

"오늘부터 불침번을 세우겠습니다. 미리 대비를 해서 나쁠 것은 없으니까요."

"그렇게 해. 석가장과 석풍표국, 개방에 고맙다는 서신도 보내고."

"알겠습니다."

정마룡이 절도 있게 인사한 후 집무실을 나섰다.

세 사람이 편히 대화할 수 있도록 자리를 피해 주는 것이었다.

"당 가주님께도 알려 줘서 고맙다는 말을 전해 줘. 꽤 중요한 정보였을 텐데."

"기밀 사항도 아니었는데요. 아버지께서 먼저 오라버니께 알려 주라고 말씀하시기도 했고요."

"그럼 다행이고. 참, 소가주는?"

현재 당무린은 북궁혁, 모용천과 함께 중원 곳곳을 돌아다니는 중이었다.

견식도 넓히고 유람도 할 겸 셋이 함께 움직이고 있었다.

하지만 상황이 상황이니만큼 그는 본가로 귀환해야 할 터였다.

"현재 소림사에 있는데 곧바로 본가로 돌아간다고 들었어요."

"다행히 호남성이나 강서성까지 내려가지는 않았군."

"세 분 다 느긋하게 움직였으니까요. 북궁 공자와 모용 공자는 이곳으로 올 것 같아요."

"그래?"

석진호가 고개를 갸웃거렸다.

북궁혁은 이해가 갔지만 모용천은 의외여서였다.

"오라버니한테 온 서신에는 그렇게 적혀 있었어요."

"뭐, 선택은 알아서 하는 거니까."

석진호는 자세히 묻지 않았다.

지금은 그렇다고 하더라도 도중에 마음은 얼마든지 바뀔 수 있다고 생각해서였다.

'일단은 지켜볼까.'

무림에서 혈풍은 딱히 대단한 일이 아니었다.

늘 있었던 일이었기에 특별할 것도 없었다.

혈겁이 일어나는 것도, 영웅이 나타나는 것도 늘 반복되었다. 세력과 이름만 바뀔 뿐 무림의 역사는 신기할 정도로 비슷하게 반복되었기에 석진호로서는 크게 놀랄 것도 없었다.

'문제는 역천마궁이라는 비바람이 승천무관에 닿느냐지.'

석진호의 뇌리로 몇 곳이 스쳐 지나갔다.

지금껏 살아오면서 알게 모르게 원한 관계를 맺었던 곳을 떠올렸던 것이다.

하지만 아직 확실한 건 아무것도 없기에 섣부른 판단은 금물이었다.

오랜만에 흑휘와 함께 황화현의 저잣거리에 나온 석진호

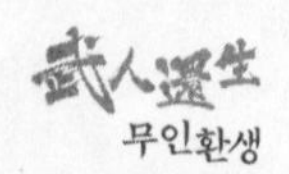

는 확 달라진 분위기를 느낄 수 있었다.

역천마궁에 대한 소문이 벌써 여기까지 퍼진 것인지 분위기가 상당히 뒤숭숭했던 것이다.

왠지 모르게 서로가 서로를 경계하는 듯한 분위기에 석진호는 입맛을 다셨다.

생각했던 것보다 역천마궁의 파급력이 큰 것 같아서였다.

“기득권에 대한 불만은 언제나 있었으니까.”

지나갈 때마다 인사해 오는 건 여전했지만 한 가닥 긴장감이 서려 있었다.

무림과는 크게 연관이 없다고 하지만 중원에서 벌어지는 일인 만큼 일반 양민이 휩쓸리는 경우도 적지 않았다.

살인멸구라는 이유로 거리낌 없이 사람을 죽이는 미친놈들도 많았기에 일반 양민들 입장에서는 중원에 혈풍이 불 때마다 조심하고 또 조심해야 했다.

그런데 치안이 비교적 안정되어 있는 황화현이 이 정도라면 다른 곳은 훨씬 심할 터였다.

“심상치 않은데.”

냐아옹.

어깨에 앉아 있던 흑휘도 평상시와는 다른 분위기를 느낀 모양인지 귀를 연신 쫑긋거렸다.

아무래도 사람보다 기운에 민감한 동물이다 보니 차이를 더 선명하게 느끼는 모양이었다.

"관주님!"

"음?"

하정객잔의 본점과 분점들을 두루 둘러보던 석진호가 익숙한 음성에 고개를 돌렸다.

그러자 마침 장을 보는 중이었는지 도지윤, 도주윤 남매가 다가왔다.

짐은 두 마리 늑대에게 실은 채로 말이다.

"시찰 나오신 건가요?"

"겸사겸사. 객잔들도 살피고 마을 분위기도 살필 겸."

도주윤이 농담하듯 웃으며 물었다.

그런데 그 말에 도지윤이 곱게 눈을 흘겼다.

아무리 친한 사이라고 하지만 단어 선택이 조금 과한 것 같아서였다.

"하북성인데도 분위기가 많이 달라졌죠?"

"그러네. 생각했던 것보다 여파가 심한 것 같은데."

"황화현은 그래도 나은 편입니다. 다른 곳은 더 심합니다. 남쪽으로 내려갈수록 더 그렇다고 하더라고요."

도주윤이 장난기를 지우며 말했다.

다른 지역에 비하면 황화현은 그나마 나은 정도였다.

일단 하북팽가가 있었고, 중원 상계를 휘어잡고 있는 석가장과 표국계에서 최고라 할 수 있는 석풍표국도 있었기에 어수선하기는 해도 공포가 짙게 내려앉은 편은 아니었다.

"아무래도 그렇겠지. 전쟁이 중원 전역으로 확대될 수도 있으니까."

"성 세 개가 작은 건 결코 아니니까요. 물론 대문파나 명문세가가 없는 변방이라고는 하지만, 숫자 앞에는 장사 없는 법이니까요. 특히나 역천마궁처럼 폭사공을 사용하는 곳은 숫자가 더더욱 큰 위력을 발휘하죠."

"덕분에 표국업계는 성황이겠군."

"맞습니다. 아무래도 상황이 상황이니만큼 규모가 작은 표국들은 몸을 사리는 쪽이라 시간이 갈수록 계약금이 오르고 있습니다. 특히 아래 지방으로 갈수록 더 비싸지는 중입니다."

도주윤이 살짝 놀란 표정을 지었다.

일반적으로 지금과 같은 상황이면 표국 쪽도 힘들다고 생각하는 게 보통이었다.

그런데 정확히 현황을 예상하는 석진호의 말에 도주윤은 물론이고 도지윤도 의외라는 표정을 지었다.

"전쟁이 나도 해야 할 일은 있으니까. 특히 장사 같은 경우는 더더욱."

"다행스럽게도 저희는 요녕성이나 길림성, 흑룡강성을 주로 가서 크게 위험하지는 않습니다. 물론 그렇다고 해서 안전한 건 또 아니지만요."

"그쪽에는 마적단이 주로 있으니까."

승천무관으로 걸어가며 석진호는 두런두런 대화를 나누었다. 주로 도주윤이 말하는 편이고 석진호는 듣는 쪽이었는데 의외로 도움이 되는 게 많았다.

아무래도 전서응이나 전서구에 담을 수 있는 내용은 한정적일 수밖에 없었고, 도주윤은 표행을 하면서 듣는 것들이 많았기에 중원 정세에 대해서 상세히 알고 있었다.

구파일방이나 오대세가가 아니라 다른 군소 방파나 무문에 대해서도 말이다.

"제가 보기에는 형산에서의 전투가 현재로써는 가장 중요할 것 같습니다."

"기세를 꺾느냐, 꺾이느냐가 갈리는 곳이니까."

"맞습니다. 만약 역천마궁이 형산을 점령한다면 호남성을 중심으로 귀주성과 강서성을 손쉽게 정복할 겁니다. 그리고 그다음의 최대 격전지는 무당파와 제갈세가가 있는 호북성이 될 테고요."

석진호가 고개를 주억거렸다.

그 역시 그렇게 예상해서였다.

또한 역천마궁이 호북성까지 온다면 그때는 진짜 혈풍이라고 할 수 있었다.

'기세라는 게 생각보다 무서운 거거든.'

괜히 전쟁에서 장수가 병사들의 전의를 끌어 올리려고 하는 게 아니었다.

불가능을 가능으로 바꿔 주는 힘을 가진 게 바로 기세라는 것이었기에 석진호는 정도무림이 긴장해야 한다고 생각했다.

방심하다가 골로 간 경우를 그는 수도 없이 봤었다.

"물론 그렇게 된다고 하더라도 정도무림이 쉽게 밀리진 않겠지만요. 오히려 이번 전쟁을 기회로 여기는 젊은 무인들이 많습니다. 사실 그동안 평화의 시기가 너무 길었으니까요."

"그러다가 훅 가지."

"예?"

"천둥벌거숭이처럼 날뛰다가 죽는 경우가 은근히 많다고. 뭐, 그게 젊은이의 패기이기는 하지만."

"그, 그렇죠."

이제 약관인 석진호가 혀를 끌끌 차는 모습에 도주윤이 어색하게 웃었다.

나이 지긋한 노고수나 할 법한 말을 석진호가 하자 당황한 것이었다.

"일도 좋지만 집안도 챙기고. 하북성이 전쟁의 중심지에서 벗어나 있긴 하지만, 그렇다고 마음을 너무 놓지는 말라고."

"명심하겠습니다."

대화하는 사이 어느새 승천무관에 도착하자 석진호가 가볍게 손을 흔들며 흑휘와 함께 대문으로 들어갔다.

성격만큼이나 시원하고 짧은 인사였다.

"역시 자리를 잘 잡은 거 같아."

"그치?"

"응. 지금껏 네가 한 결정 중에 가장 잘한 결정인 거 같아."

"뭐라고?"

도주윤이 눈을 매섭게 떴다.

하지만 남동생의 날카로운 눈빛에도 도지윤은 그저 웃었다. 이제는 표국주이고 후기지수 중에서도 나름 손꼽히는 고수가 되었다고 하나 그녀에게는 여전히 한 살 어린 남동생일 뿐이었다.

앞으로도 그럴 것이고 말이다.

"들어가자. 오늘은 맛있는 거 만들어 줄게."

"……하정객잔 갈까?"

"나 실력 많이 늘었거든? 객잔주님께 직접 배웠어!"

"배운다고 늘 실력이었으면 진즉에 늘……! 악!"

도주윤이 비명을 질렀다.

벼락같이 파고든 손바닥이 등짝을 강타해서였다.

그야말로 기습과도 같은 일격이었다.

"몸도 단단한 게 엄살은."

"누나 손은 엄청 맵다고! 호신강기를 펼쳐야 막을 수 있는 수준이야!"

"말이 되는 소리를 해. 흥!"

고통에 얼굴이 붉어진 건 보이지 않는 모양인지 도지윤이 콧방귀를 뀌며 장원 안으로 들어갔다.

그리고 그 뒤를 적갈색 빛이 도는 암컷 늑대가 따랐다.

✻

강호 유람 겸 비무행을 마친 두 사람이 승천무관에 복귀했다. 가을에 떠났던 두 명이 겨울의 끝자락쯤이 되어서야 돌아온 것이다.

"여기는 여전하네."

"애들은 많이 컸던데? 키도 크고 덩치도 좋아지고."

"한창 클 때니까."

단출하게 한노를 포함해 셋이서 복귀한 모용천과 북궁혁이 오랜만에 석진호를 마주하고서 차를 들이켰다.

그런데 두 사람의 분위기가 작년과는 꽤나 달라져 있었다.

무림을 돌아다니면서 얻은 게 적지 않은 듯 상당히 성장해 있었던 것이다.

"윤이랑 마룡이도 엄청 성장했던데?"

"시간이 꽤 흘렀으니까."

"따라잡히지 않게 더 열심히 해야겠어."

모용천의 약한 소리에 석진호가 피식 웃었다.

그러기에는 격차가 어마어마하다는 걸 알고 있어서였다.

탁윤의 재능이 평균 이상이라고 하나 지금의 모용천을 따라잡으려면 평생을 수련해도 부족했다.

"사람이 겸손할 줄 알아야지."

"이 정도면 겸손한 거 아냐?"

"아니지. 비아냥거림이지. 돌려서 깐 거 아냐. 난 엄청 대단한 무인이라고."

"그, 그렇게 들릴 수도 있나?"

직설적인 북궁혁의 말에 모용천이 뒷머리를 벅벅 긁었다.

생각해 보니 그렇게 들릴 수도 있을 것 같아서였다.

"있는 그대로 받아들였으니까 걱정은 하지 말고. 내가 그렇게 비비 꼬인 사람이 아니라서."

"대신 세상사에 관심이 별로 없지."

"정답."

석진호가 씨익 웃으며 북궁혁을 쳐다봤다.

정확히 그의 생각을 짚어서였다.

"그럼 역천마궁에 대해서도 딱히 관심 없겠네?"

"응. 나하고는 상관없으니까. 먼저 날 건들지 않는 이상 접점은 없을 것 같은데."

"역시 그런가."

모용천이 복잡한 표정을 지었다.

생각이 많은 얼굴로 볼을 긁었다.

"내려가려고?"

제54장 휘몰아치는 혈풍

"어?"

"위기는 기회이기도 하니까. 전쟁으로 인해 많은 이들이 죽겠지만 반대로 명성을 얻는 이들도 있지. 영웅은 난세 속에서만 탄생하니까. 그리고 너의 경우에는 경쟁자들이 많이 고꾸라질 가능성이 크고."

모용천의 동공이 흔들렸다.

안 그래도 역천마궁이 발호했다는 소식을 들었을 때 그가 가장 먼저 한 생각이 바로 저것이었다.

어쩌면 이 혈풍이 자신이나 모용세가에는 기회가 될지도 모른다고 말이다.

"그건 나도 동감. 나 역시 그것부터 생각나더라고."

"나쁜 게 아니지. 무너질 가문이나 문파였으면 굳이 전쟁이 아니더라도 얼마 못 갔을 테니까."

"맞아. 분명한 건 지금의 상황이 기회라는 거지. 너에게는."

북궁혁의 시선이 모용천에게 닿았다.

당무린과 강호를 유람하면서 많은 이들을 만나고 인연을 맺었지만 그건 안면을 튼 정도였다.

반면에 모용천은 친교를 나눈 친구였다.

그렇기에 북궁혁에게는 알게 된 이들보다 모용천이 훨씬 더 소중했다.

"……이거 참, 나에 대해서 너무 잘 아는데."

"좋은 기회이니까. 물론 살아남아야 한다는 전제 조건이 있지만."

차를 들이켜며 석진호가 담담하게 말했다.

그리고 그 말에 동의하듯 북궁혁이 고개를 끄덕였다.

"어떻게든 살아남아야지. 그래서 사람을 모아 가문을 재건해야지."

"겸사겸사 사랑도 이루고 말이지."

"백리세가가 호북성에 있었지, 아마?"

"쿨럭!"

너무나 자연스럽게 백리세가를 거론하는 두 친구의 모습에 모용천이 헛기침을 내뱉었다.

생각지도 못한 순간에 백리세가를 꺼내자 당황한 것이었다.

"맞아."

"거기까지 계산하다니. 역시 대단하다니까."

"꼭 백리세가를 생각해서 내려가겠다는 건 아니다."

표정을 가다듬은 모용천이 빠르게 말을 이었다.

그러나 둘 다 그 말을 곧이곧대로 듣지는 않았다.

딴청을 피우듯 말없이 차만 들이켰다.

"……물론 잘되면 좋겠다는 생각은 하고 있지만."

"저것 봐. 아직 포기 안 했다니까. 사실 내가 알게 모르게 백리세가 쪽으로 가려고 했었는데 어떻게든 호북성은 피하려고 하더라고. 무당파가 보고 싶어서 호북성에 가려고 했는데."

"네 속내가 너무 뻔히 보였으니까."

모용천이 툴툴거렸다.

사실 그도 한번 정도는 못 이기는 척 호북성에 갈까 생각하기는 했었다.

호북성에는 그 유명한 남존무당이라 불리는 무당파가 있었고, 오대세가 중 한 곳인 제갈세가도 있었다.

하지만 이율배반적이게도 보고 싶은데 발이 떨어지지 않았다.

'아직은 아무것도 준비된 게 없으니까.'

이왕이면 모든 걸 갖추고서 찾아가고 싶었다.

그래서 당당히 말하고 싶었다.
백리선을 달라고 말이다.
그러나 아직은 때가 아니었다.
"진전은 전혀 없는 모양이네."
"만나야 뭐라도 있지. 연서를 주고받는 것도 아니고. 그래서 자주 봐야 한다고 생각했는데."
"선택은 천이가 하는 거니까. 난 나쁘지 않다고 생각하는데. 남자가 너무 적극적으로 들이대면 부담스러워할 수도 있어. 소문이 이상하게 날 수도 있고."
"그걸 이용해야지. 좋아하는 여자를 차지하려면 쓸 수 있는 방법은 모조리 써야 해. 정말로 좋아한다면."
확연하게 다른 연애관에 석진호는 어깨를 으쓱거렸다.
이런 문제는 답이 없었다.
그저 자신이 생각하는 대로 하면 될 일이었다.
"본론으로 돌아와서, 형산으로 가게?"
"응. 목숨을 걸어야 하지만, 그만큼 얻는 것도 많을 테니까. 다행히 친구들을 잘 둔 덕분에 아는 사람들이 많아지기도 했고. 완전 밑바닥에서부터 시작하는 건 아니니까."
모용천이 눈을 빛냈다.
더 이상 고민하지 않는 눈빛이었다.
"넌 잘할 수 있을 거다."
"나도 응원하마. 꼭 살아서 다시 보자."

석진호에 이어 북궁혁도 웃으며 말했다.

엄밀히 말해 북해빙궁 소속인 그는 이번 전쟁에 참여할 이유가 전혀 없었다.

그렇다고 역천마궁과 은원이 있는 것도 아니었고.

물론 참여해도 되긴 하지만 북궁혁은 그럴 이유를 느끼지 못했다.

"잘 생각했어. 나 때문에 네가 함께 갔다면 조금 불편했을 거다."

"칼받이가 되기는 싫거든. 중원까지 와서 정치질 하기도 싫고. 대신 네가 죽으면 복수는 확실하게 해 주마."

"안 죽을 거거든."

장난스럽게 말하는 북궁혁을 향해 모용천이 콧방귀를 뀌었다.

그는 모용세가를 재건해야 하는 의무를 가진 남자였다.

그것도 장차 천하제일가가 될 모용세가를 말이다.

"미리 액땜한 거다. 그리고 사람이 적당한 긴장감은 가지고 있어야지."

"언제나 너보다는 긴장하고 있어. 난 진짜 불알 두 쪽밖에 없으니까."

"크큭! 그렇긴 하지."

모용세가의 후예라고 하나 모용천이 가진 건 스스로의 몸뚱이밖에 없었다.

하지만 나중에는 달라질 거라고 생각했다.

그보다 더 안 좋은 상황에서 승천무관을 일군 게 눈앞에 있는 석진호였다.

그러니 그 역시 할 수 있었다.

"예전처럼 편안하게 살 수 있는 세상을 내가 만들어 주마."

"그래 주면 고맙고."

"형산에서 밀린다고 해도 호북성에서 결판이 날 거다. 그러니 둘 다 여기서 기다리고 있어. 개선장군이 되어서 돌아올 테니까. 어쩌면 너희 둘보다 더 강해질지도 모르고."

"기대하마."

허세 반 진담 반이 담겨 있는 모용천의 말에 석진호가 빙그레 웃었다.

겁에 질린 것보다는 차라리 패기 있는 게 나아서였다.

스윽.

"다음에 보자."

"무운을 비마."

"불구가 되더라도 그냥 와라. 너 하나 먹여 살릴 정도의 능력은 되니까."

결정을 내린 모용천은 더 이상 망설이지 않았다.

애초에 어느 정도 마음을 먹고 돌아오기도 했고 말이다.

"넌 말을 해도 꼭 그런 말을 하냐."

"말했잖아. 액땜이라고, 액땜."

"그래, 고맙다."

재수 없는 말을 아무렇지 않게 하는 북궁혁을 쳐다보며 모용천이 고개를 저었다.

그런데 신기한 건 이상하게 마음이 편해진다는 사실이었다.

"다치지 말고. 지금 이 모습으로 다시 보자."

"농땡이 피우지 말고 있어. 나한테 추월당하기 싫으면."

"명심하마."

북궁혁과 인사를 마친 모용천이 석진호를 쳐다봤다.

친구이지만 이상하게 친구답지 않은 석진호와 잠시 눈을 마주한 모용천은 이내 몸을 돌렸다.

잠시 후 모용천은 철랑이와 함께 승천무관을 나섰다.

"괜찮겠지?"

"온갖 난관이 있겠지만, 잘 헤쳐 나갈 거다."

"흐음."

놀리듯 말하던 것과 달리 북궁혁의 표정이 심각해졌다.

말은 그렇게 해도 걱정이 되어서였다.

"쉽게 죽을 관상 아니니까 걱정하지 말고."

"관상도 볼 줄 아냐? 그럼 난 어떨 거 같아?"

"큰 사고만 안 치면 평안히 제 수명을 누릴 거다."

"그런 말은 누구나 다 할 수 있는 말이잖아."

북궁혁이 실소를 흘렸다.

당장 저잣거리에 돗자리를 깐 점쟁이를 찾아가도 들을 수 있는 말이었기에 북궁혁은 어처구니없다는 표정을 지었다.

그런데 의외로 석진호의 표정은 진지했다.

"동시에 의외로 사람들이 잘 못 지키는 말이기도 하지."

"그나저나 좀 쓸쓸하네. 늘 같이 있었는데."

"이별은 짧을수록 좋아. 그리고 꿈을 찾아 떠난 건데 응원해 줘야지."

"응원은 당연히 해야지. 근데 걱정이 되어서 그러지. 홀로서기가 얼마나 힘든지 너도 잘 알 거 아냐."

"쉽지 않지."

석진호가 고개를 주억거렸다.

하지만 겨울을 보내야 봄에 꽃이 피듯 지금의 고난과 역경은 모용천에게 반드시 필요했다.

육체적이든 정신적이든 그를 성장시킬 것이기 때문이다.

"아, 근데 나는 좀 더 머물러도 되지?"

"물론이지. 고급 인력은 언제나 환영이야."

"뭐야, 그런 뜻이냐."

북궁혁이 키득거렸다.

방금 전 자신이 모용천을 놀린 것처럼 석진호 역시 농담을 한 것임을 알아서였다.

그런데 웃는 얼굴과 달리 북궁혁의 눈빛은 묘했다.

무슨 생각을 하는 건지 심상치 않은 기광을 순간적으로 발했다.

'역천마궁이라…….'

알 수 없는 표정으로 북궁혁이 찻잔을 들어 올렸다.

그런 그의 시선은 창밖의 푸른 하늘에 향해 있었다.

❈

"오구, 잘 먹네."

처소의 앞마당에 나온 팽나연이 환하게 웃으며 태랑이를 쳐다봤다.

평소 좋아하는 토끼 고기에 약초를 섞어서 주었는데 다행히 투정을 부리지 않고 잘 먹었다.

걱정이 무안해질 정도로 말이다.

"너도 비싼 약초인 걸 아는 모양이구나?"

헥헥헥!

태산에서 석진호와 처음 만났던 걸 기념하기 위해 태랑(太狼)이라는 이름을 지어 준 팽나연이 이제는 성체가 된 늑대의 이마를 부드럽게 쓰다듬어 주었다.

평범한 늑대보다 족히 두 배 가까이 되는 덩치를 지닌 태랑이였지만 팽나연 앞에서는 개처럼 온갖 애교를 떨었다.

밥 먹을 때 건드리면 개도 으르렁거리는데 태랑이는 그런 것도 없었다.

오히려 밥을 먹다가도 발랑 뒤집어졌다.

"으이그, 밥은 먹어야지. 식으면 맛없어. 자, 자! 얼른 먹자."

배를 보인 채로 몸을 좌우로 흔드는 태랑이의 애교에 팽나연이 오랜만에 환하게 웃었다.

승천무관에서의 일 이후 웃는 일이 확연하게 줄어들었지만 태랑이 앞에서는 어쩔 수가 없었다.

으적으적!

뼈째 씹어 먹을 기세로 토끼 세 마리를 순식간에 흡입하는 태랑이의 모습을 팽나연은 흐뭇하게 쳐다봤다.

그러면서 머릿속으로는 다음에 줄 약초를 생각했다.

석진호가 흑휘나 삼랑이들에게 감당할 수 있는 영물이나 약초를 주던 걸 봤었기에 그녀는 절대 무리하지 않았다.

아무리 좋은 영초라도 태랑이가 소화하지 못하면 독과 다를 바가 없다는 걸 알아서였다.

"슬슬 오십 년 묵은 것으로 가도 되겠지?"

컹컹!

말귀를 알아듣는 것처럼 대답하는 태랑이의 모습에 팽나연의 미소가 짙어졌다.

이런 모습을 볼 때마다 사람들이 괜히 족보를 따지는 게 아닌 것 같다는 생각이 들었다.

진짜 자식 같은 느낌도 들었고 말이다.

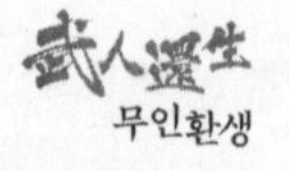

“나에게는 태랑이 네가 증표나 마찬가지니까.”

스슥! 스스슥!

순식간에 식사를 마친 태랑이가 팽나연의 팔에 몸을 비볐다.

왠지 모르게 목소리에서 쓸쓸함이 느껴져서였다.

그래서인지 태랑이는 팽나연을 달래 주려는 듯 계속 몸을 비벼 댔다.

“위로해 주는 거니? 고마워, 후훗.”

따뜻한 황색 털을 쓰다듬으며 팽나연이 웃었다.

감옥처럼 느껴지는 집에서 태랑이마저 없었다면 그녀는 이렇게 웃지 못했을 터였다.

“태랑이를 너무 아끼는 거 아냐? 오빠들도 있는데.”

“질투하는 거야?”

“안 하게 생겼어?”

월동문을 넘으며 팽무건이 모습을 드러냈다.

그런데 그의 두 눈에는 진심이 서려 있었다.

“애기한테 그러는 거 아냐.”

“누가 태랑이를 새끼 늑대로 봐? 이젠 완연한 성체지.”

“나한테는 아직 애기야. 어리광을 얼마나 부리는데.”

월월!

태랑이가 맞장구를 치듯이 짖었다.

무조건 팽나연의 말이 맞다는 듯이 말이다.

"너한테나 그러는 거지, 다른 사람들한테는 얄짤없어."

"원래 주인한테만 그러는 거야. 그렇다고 다른 사람을 물거나 공격하지는 않잖아. 우리 태랑이가 얼마나 똑똑한데."

"그건 인정."

팽무건이 순순히 고개를 끄덕였다.

성깔이 있기는 해도 태랑이는 교육이 확실하게 되어 있었다.

적의를 드러내지 않는 이상 절대 먼저 달려들거나 공격하지 않았다.

팽나연이 같이 있지 않으면 처소에서 벗어나지도 않았고 말이다.

"이런 아이 몇 없어. 나중에는 호랑이도 잡을걸."

"지금처럼만 쑥쑥 큰다면 가능할 것 같기도 해."

호랑이도 때려잡을 수 있는 고양이도 있는 마당에 태랑이라고 해서 범을 사냥하지 못할 건 없었다.

그리고 그 역시 내심 기대하는 중이기도 했고 말이다.

가문을 수호하는 영물이 있어서 나쁠 건 없었다.

"근데 이 시간에 무슨 일이야? 한창 업무 보느라 바쁠 시간일 텐데."

"……아버지 오셨어?"

"그 얘기는 왜 꺼내?"

팽나연의 표정이 삽시간에 굳어졌다.

승천무관에서의 일 이후 두 사람의 관계는 더 이상 나빠지기 힘들 정도로 안 좋았다.

늘 팽진극이 찾아왔지만 팽나연은 그와 말 한마디 섞지 않았다.

아니, 아예 없는 사람 취급했다.

"미안하다."

"할 말이 그거였으면 난 이만 들어갈게."

"아직 남았어. 차 한잔 줄래? 말이 길어질지도 모르는데."

"쓸데없는 얘기할 거면 지금 가고."

날이 바짝 서 있는 여동생의 대답에 팽무건은 고개를 저었다.

그가 팽나연의 처소에 찾아온 건 다른 이유가 있어서였다.

부친을 꺼낸 건 혹시나 해서 물어본 것이었고.

"강호 정세에 대해서야. 지금 분위기가 심상치 않거든."

"전쟁이라도 났어?"

"응. 역천마궁이라고, 위험한 놈들이 나타났어."

팽나연의 동공이 순간 확대됐다.

농담처럼 한 말이 사실일 줄은 몰라서였다.

그래서 그녀는 얼떨떨한 표정으로 큰오빠를 데리고 건물 안으로 들어갔다.

"자세히 설명해 봐."

"역천마궁이 알려진 건 점창파를 무너뜨리고 나서야. 마른

하늘의 날벼락처럼 갑자기 나타났는데 점창파를 멸문시켰어.”

“내가 알고 있는 점창파를 말하는 거지?”

차를 따라 주며 팽나연이 반문했다.

그런 그녀의 얼굴에는 반신반의하는 기색이 서려 있었다.

팽무건이 허튼소리를 할 리가 없다는 걸 알지만 그래도 선뜻 믿기가 어려워서였다.

다른 곳도 아니고 구대문파의 한자리를 수백 년 동안 지켜온 곳이 점창파인데 그 점창파가 알 수 없는 세력에 무너졌다고 하자 순순히 믿기 힘들었다.

“맞아. 운남성에 있는 점창파. 근데 문제는 그게 다가 아니야. 역천마궁이 흡정대법과 폭사공을 가지고 있어.”

“뭐라고?”

팽나연이 해연했다.

그 정도로 팽무건이 말한 두 가지 무공은 극악무도한 무공이었다.

특히 흡정대법은 강호가 탄생한 이래로 언제나 최악의 마공으로 손꼽히는 마공 중 하나였다.

그런데 그 두 개를 전부 가지고 있다고 하자 팽나연은 믿을 수가 없었다.

“점창파가 괜히 무너진 게 아니야. 게다가 역천마궁이 가지고 있는 폭사공은 일반 양민들도 사용할 수 있다고 해.”

“……선천진기를 폭발시키는 건가?”

"맞아. 그래서 더 무서운 거고. 잠력이 아니라 처음부터 선천진기를 폭발시키는 모양이야."

"으음!"

팽나연이 침음을 흘렸다.

이게 사실이라면 평범한 전쟁이 아니었다.

무림의 사활이 걸려 있다고 해도 과언이 아니었다.

"현재 전선은 호남성의 형산 아래로 형성되어 있지만 하북성이라고 안심할 수는 없어. 개방에 의하면 산적과 수적, 마적과도 손을 잡은 전황이 있다고 해. 괜히 역천이라는 이름이 붙은 게 아니라고."

"하늘을 뒤집는다……."

"백도무림을 박살 내고 그 자리를 자신들이 차지하겠다는 거지."

팽무건의 말을 듣는 순간 팽나연의 뇌리로 한 사람이 떠올랐다.

뒤이어 본가에서 그리 멀지 않은 장소도 떠올랐지만 입 밖에 꺼내지는 않았다.

"이상하게 요즘에 본가의 분위기가 어수선하다고 했더니."

"다 이유가 있는 거지. 그러니까 외출할 때는 가급적 혼자 다니지 마. 백 호법님이나 호위 무사들이랑 같이 다니고."

"그럴게."

"마지막으로 만약에, 아주 만약이긴 하지만 본가가 습격을 당해 존폐의 기로에 서면 넌 뒤도 돌아보지 말고 승천무관으로 가."

"……!"

팽나연의 두 눈이 크게 뜨였다.

생각지도 못한 말에 팽나연은 치켜 뜬 눈으로 팽무건을 쳐다봤다.

"이건 무곤이하고도 얘기한 부분이야. 무림맹을 발족한다는 말이 있지만 아직은 논의 중이고, 만약 집결한다고 해도 시간이 상당히 걸릴 거야. 그리고 그 틈을 역천마궁은 어떻게든 노릴 테고. 점창파가 무너진 마당에 우리라고 해서 안심할 수 없어. 그러니 위험하다 싶으면 곧장 승천무관으로 가. 나도 아버지와 어머니를 모시고 갈 거니까. 본가가 무너진다면 믿을 수 있는 곳은 승천무관밖에 없어."

"……가주님께는 말했어?"

"아니. 무곤이하고만 상의했어. 지금 아버지께 석 소협은 역린이나 마찬가지일 테니까. 하지만 아버지도 아마 같은 생각이실 거야. 석 소협의 무위에 대해서 누구보다 가장 잘 아실 테니까."

쫓겨나듯이 승천무관을 떠나왔지만 그럼에도 그나 팽무곤은 악감정이 없었다.

부친이 먼저 실수했다는 걸 너무나 잘 알아서였다.

그렇기에 미안했으면 미안했지 원한은 없었다.

오히려 승천무관의 현황에 대해 꾸준히 보고받고 있는 중이었다.

"그 정도로 현재 상황이 심각하다는 거구나."

"내가 보기에는. 그리고 만약에 대비해서 나쁠 건 없으니까. 본가는 강하지만 단순히 강하기만 해서는 생존할 수 없어. 할 수 있는 모든 경우의수를 생각해야 해. 모용세가가 오대세가일 당시 누구도 모용세가가 멸문할 거라 생각하지 않았어. 하지만 한때 천하제일가라 불렸던 모용세가는 지금 몰락한 수많은 무가 중 한 곳이 되었지."

"알았어. 그리할게."

"나도 가능성은 희박하다고 생각해. 하지만 대비해서 나쁠 건 없으니까 미리 말해 두는 거야. 만약 그런 상황이 닥친다면 우선 승천무관으로 가."

팽무건이 다시 한번 강조했다.

괜히 우왕좌왕하다가 크게 다치거나 죽는 불상사는 피했으면 싶어서였다.

"알았으니까 그만 말해. 귀에 딱지 생기겠다. 내가 한두 살 먹은 어린애도 아니고."

"나한테 너랑 무곤이는 언제나 아이야."

"나도 이제 스무 살이야."

"나이는 상관없다니까 그러네."

팽무건이 씨익 웃으며 팽나연에게 손을 뻗었다.

어릴 때처럼 머리를 쓰다듬어 주려는 것이었다.

하지만 그 손길을 팽나연은 거칠게 뿌리치며 매섭게 노려봤다.

"언제까지 애 취급이야?"

"글쎄? 시집가기 전까지?"

꽈아아앙!

장난스럽게 대답하던 팽무건의 얼굴이 삽시간에 굳었다.

동시에 그의 고개가 번개같이 굉음이 들려온 쪽으로 돌아갔다.

갑작스러운 폭발음에 깜짝 놀란 것이었다.

꽈아앙! 꽈앙!

연달아 터지는 폭발음에 팽나연도 자리에서 벌떡 일어나 팽무건의 뒤를 따랐다.

이윽고 두 사람은 진원지에 도착했다.

"어떻게 된 일이냐?"

"기, 기습이 있었습니다! 갑자기 다섯 명이 달려오더니 폭발했습니다!"

한쪽 담벼락이 완전히 무너진 모습을 보며 팽무건이 입술을 깨물었다.

짧은 설명이었지만 어디서 공격해 온 것인지 충분히 알 수 있어서였다.

사람을 화탄처럼 만들어 주는 게 바로 폭사공이었기에 팽무건은 두 눈을 부리부리하게 뜨고서 사방을 훑었다.

"부상자는?"

"다행히 미리 대피해서 다친 사람은 없습니다!"

"다섯 명이 전부인가? 보행이 수상해 보이는 자는?"

"현재 무사들이 주변을 탐색 중입니다!"

놀란 건 무사들도 마찬가지인 듯 기합이 단단히 들어가 있었다.

하지만 팽무건은 무사들 눈빛에 서려 있는 미약한 두려움을 읽었다.

진천뢰에 비견될 만한 폭발에 다들 깜짝 놀란 것이었다.

그리고 그건 팽무건 역시 마찬가지였다.

"무인이었나?"

"제가 가장 먼저 발견했는데 무인은 아니었습니다. 병장기를 소지하지 않았고, 의복 역시 평범한 경장이었습니다."

"……그런데 이 정도 위력이 나왔다고?"

"……예."

팽무건이 질린 표정을 지었다.

점창파가 점령당한 전례가 있기에 위력이 상당할 거라는 예상은 했었다.

하지만 직접 보니 예상했던 것 이상이었다.

선천진기만 가지고 있는 범인이 이 정도라면 후천진기라 할 수 있는 공력을 쌓은 무인들은 위력이 더 대단할 터였다.

"즉시 비상경계령을 내리고 후속 공격에 대비하라! 무너진 담벼락을 최우선으로 보수하고!"

"예!"

팽무건의 지시에 근처에 있던 하북팽가의 무인들이 발 빠르게 움직였다.

하지만 팽무건과 팽나연은 제자리에서 꼼짝도 하지 않았다.

둘 다 생각이 많아졌던 것이다.

킁킁.

그때 무너진 담벼락으로 태랑이가 다가왔다.

주인인 팽나연이 움직이자 따라온 것이다.

한데 태랑이의 행동이 심상치 않았다.

곳곳에 흩어져 있는 육편 조각들의 냄새를 상당히 유심히 맡았던 것이다.

"먹으면 안 돼!"

뒤늦게 그 모습을 발견한 팽나연이 다급하게 태랑이의 목줄을 잡았다.

혹시라도 육편을 먹을까 싶어서였다.

사람 맛을 본 호랑이가 계속해서 인간을 공격하는 것처럼 혹시나 태랑이도 그렇게 될까 봐 팽나연은 반대 손으로 입 주변을 훑었다.

그런데 다행히 냄새만 맡았는지 핏자국은 없었다.

"나도 깜짝 놀랐네."

"여기 빨리 치워야 할 것 같아."

"그냥 데리고 처소로 돌아가. 뒷정리는 내가 할 테니까."

"알았어."

"내가 했던 말 명심하고."

자잘한 육편만 남아 있기에 공격한 이들의 신원을 확인하는 건 불가능했다.

그리고 오대세가쯤 되면, 아니 대부분의 명문 세가들은 알게 모르게 은원 관계를 맺는 경우가 많았다.

굳이 명문 세가 쪽에서 악행을 저지르지 않더라도 말이다.

때문에 팽무건은 습격자들의 신원 파악보다는 여동생에게 다시 한번 당부했다.

"알았어."

"이따 보자."

"응."

상황이 상황이니만큼 팽나연은 고분고분하게 대답하며 몸을 돌렸다.

기습도 기습이지만 태랑이가 인육을 먹는 걸 막아야 했기에 그녀는 서둘러 자신의 처소로 향했다.

사위에 어둠이 짙게 내린 시각.

일단의 무리가 황화현을 가로질렀다.

익숙한 길인 양 승천무관을 향해 백여 명의 인영이 골목길을 가로질렀던 것이다.

"저곳입니다."

"나도 보인다."

선두에 선 인영에게서 늙수그레한 목소리가 흘러나왔다.

오만 가지 감정이 뒤섞인 음성이 말이다.

그런 그를 향해, 길 안내를 했던 이가 조용히 반보 뒤에 시립했다.

"너무도 오래 걸렸어, 여기까지 오는 데."

무거운 침묵을 가르며 노인이 입을 열었다.

그러자 뒤에 모여 있던 이들이 움찔거렸다.

노인만큼이나 그들 역시 온갖 감정이 휘몰아치는 모양이었다.

하지만 그 중심에는 지독한 살의가 담겨 있었다.

"하나 중요한 건 우리가 이곳에 왔다는 것 아니겠습니까."

"맞아. 결국엔 왔지. 빌어먹을 사천당가 놈들의 방해에도 불구하고."

"오늘 우리는 죽겠지만, 검문의 아이들은 새로운 세상에서 남부럽지 않게 살아갈 것입니다."

"당연히 그래야지. 오직 그거 하나만 믿고 여기까지 왔는데. 하지만 너무 곧이곧대로 믿어서는 안 된다."

"최악의 상황 역시 대비하고 있습니다."

중년인의 말에 노인이 고개를 주억거렸다.

분명 큰 도움을 받은 건 맞지만 어떻게 보면 이해관계가 맞아떨어진 협력 관계라고도 할 수 있었다.

그렇기에 노인은 마냥 신뢰하지만은 않았다.

이유 없는 호의는 없는 법이고, 강호는 힘이 없으면 말조차 제대로 할 수 없는 세계였다.

"소문주님이라면 알아서 잘할 것이다."

"두 분도 남아 계시지 않습니까. 두 장로께서 소문주님을 잘 보필하실 겁니다."

"그래야지. 그래서 저 재수 없는 사천당가 놈들에게도 복수해야지."

"맞습니다."

노인은 물론이고 중년인의 두 눈에서도 살기가 번들거렸다.

그간의 굴욕과 치욕이 머릿속에 떠올랐던 것이다.

"크크큭! 우선 딸내미들로 선전포고를 하자꾸나."

"가라!"

승천무관에 머물고 있는 쌍둥이 자매를 떠올리며 노인이 흉소를 흘렸다.

딸들을 잃고 격분할 사천당가주를 떠올리는 것만으로도 가슴이 뻥 뚫리는 느낌이 들었던 것이다.

그리고 그건 중년인도 마찬가지인 듯 비릿하게 웃으며 명령을 내렸다.

"존명!"

"너희의 희생을 본문은 절대 잊지 않을 것이다."

퍼퍼펑!

중년인의 말이 끝나는 것과 동시에 백발이 성성한 두 명의 노무사가 땅을 박찼다.

굳게 닫힌 승천무관의 정문을 향해 거침없이 달려들었던 것이다.

잠시 후 두 노무사의 몸이 정문에 닿기 직전 폭발했다.

"복수의 서막이다, 비천검괴."

굉음과 함께 비산하는 육편들을 주시하며 노인이 이를 가는 듯한 어조로 말했다.

그런데 그때 정문 쪽에서 조소가 가득 담긴 일갈이 들려왔다.

"서막은 무슨."

"어?"

노인의 입에서 경악성이 터져 나왔다.

폭발이 가라앉으며 보이는 전경에 깜짝 놀랐던 것이다.

그리고 그건 노인을 보좌하듯 서 있던 중년인과 뒤에 있던 이들도 마찬가지였다.

당연히 박살 날 줄 알았던 정문이 너무나 멀쩡한 모습에 다들 당혹스러운 표정을 지었다.

"지금껏 쥐 죽은 듯이 있다가 역천마궁에 빌붙어 나타난 주제에."

"석진호!"

정문의 지붕에 여유롭게 앉아 있는 석진호를 발견한 노인이 경악성을 터트렸다.

생각지도 못한 등장에 깜짝 놀란 것이었다.

하지만 놀란 기색은 잠시뿐이었다.

이내 그는 두 눈에서 살기를 줄기줄기 내뿜으며 석진호를 노려봤다.

"잘됐군. 안 그래도 네놈이 도망치면 어떡하나 걱정하고 있었는데."

"도망?"

석진호가 어처구니없다는 표정을 지었다.

도대체 어떻게 생각하면 그런 결론에 도달할 수 있는지 궁금하다는 얼굴이었다.

그러나 노인과 뒤에 서 있는 이들의 표정은 진지했다.

"여기에는 사천당가도 없으니까. 죽기 싫으면 도망밖에는 수가 없지 않으냐."

"그때 도망은 구가검문이 한 것 같은데. 난 제자리에 서 있던 기억밖에는 없어서 말이지. 아, 구가검문주와 소문주, 장로들을 죽인 기억도 있네."

으드드득!

그날의 기억이 떠오른 모양인지 노인이 석진호를 씹어 먹을 기세로 이를 갈았다.

더불어 백여 명에게서 지독한 살기가 치솟았다.

어떻게든 석진호를 찢어 죽이겠다는 듯이 살광을 번뜩이며 노려봤던 것이다.

"복면도 안 한 걸 보면 여기서 끝장을 보겠다는 심보 같은데."

"끝장은 네놈과 승천무관이 나겠지. 오늘 밤 이곳의 잡초 하나 남기지 않고 모조리 날려 버릴 것이다. 조금의 흔적도 남기지 않고!"

"역천마궁이 전수해 준 폭사공이 대단하긴 한가 봐. 그때는 꼬리 말고 도망친 것들이 이렇게 큰소리를 치는 걸 보면."

"죽어라!"

더 이상은 나불거리는 걸 들어 줄 수 없다는 듯이 구가검문도 열 명이 일제히 몸을 날렸다.

빠져나갈 틈을 주지 않겠다는 듯이 적당한 간격을 두고서 포위망을 구축하며 달려들었던 것이다.

하지만 어느 누구도 병장기를 꺼내지 않았다.

그저 석진호를 향해 짓쳐 들기만 했다.

콰콰콰쾅!

마치 짠 것처럼 똑같은 순간에 펼쳐진 역천폭사공(逆天爆死

功)에 지축이 뒤흔들렸다.

그 정도로 역천폭사공의 위력은 대단했다.

무인들이 목숨을 걸고 펼친 만큼 파괴력이 상당했던 것이다.

"언제까지 버틸 수 있을까."

짙게 피어오르는 먼지구름을 보며 노인이 스산하게 말했다.

사천당가에서 보여 준 무위를 생각하면 고작 열 명으로는 부족했다.

하지만 열 명이 스무 명이 되고, 서른 명이 된다면?

거기다 사천당가와 달리 이곳에는 석진호가 지켜야 할 짐들이 수두룩했다.

"니들이 전부 달려들어도 멀쩡할 것 같은데?"

투둑. 투두둑.

방금 전까지만 해도 사람이었을 육편들이 피를 머금은 채로 바닥에 떨어졌다.

하지만 엄청난 폭발이었음에도 불구하고 승천무관의 정문은 멀쩡했다.

자신의 육신은 물론이고 승천무관의 정문도 막아 냈던 것이다.

그 모습에 노인의 동공이 살짝 흔들렸다.

-아직 아흔 명이 넘게 남아 있습니다. 저도 있고요. 여러 가

지 방법을 사용해 보시지요. 다섯 명씩 순차적으로 날려 보는 건 어떻습니까?

너무도 멀쩡한 석진호의 모습에 당황한 건 중년인도 마찬가지였다.

하지만 놀람은 짧았다.

오늘 이 자리는 과거의 복수를 위한 것이니만큼 중년인은 빠르게 머리를 굴렸다.

어떻게든 방법을 찾아내려 했던 것이다.

—저놈이 아무리 괴물 같은 무위를 지니고 있다지만, 그래도 피육으로 이루어진 똑같은 사람입니다. 두드리고 두드리다 보면 열릴 겁니다. 점창파처럼 말이지요.

이어지는 중년인의 말에 노인이 고개를 끄덕였다.

기대 이하의 결과에 당황하기는 했으나 아직 그에게는 아흔 명이 넘는 수하들이 있었다.

더구나 이 자리에 온 이들은 살아서 돌아갈 생각을 가지고 오지 않았다.

수단과 방법을 가리지 않고 석진호와 승천무관을 날려 버리기 위해 왔기에 노인은 입술을 깨물었다.

"계속 가라!"

"구가검문을 위하여!"

"영원하라, 구가검문!"

노인의 포효와도 같은 일갈에 희끗한 백발을 휘날리며 구가검문의 노무사들이 다섯 명씩 조를 이뤄 정문을 향해 달려갔다.

어느새 중년인이 전음으로 지시를 하달한 것이었다.

게다가 공격은 이게 끝이 아니었다.

“모조리 날려 버려!”

오늘의 목표는 석진호만이 아니었다.

승천무관 자체도 날려 버릴 생각이었기에 노인은 살기로 번들거리는 두 눈을 부라리며 소리쳤다.

호언장담했던 대로 그는 승천무관의 잡초 하나, 흔적 하나 남기지 않을 작정이었다.

겸사겸사 석진호를 심리적으로 압박도 하고 말이다.

‘제아무리 대단한 고수라도 정신적으로 흔들리면 제 실력을 발휘하지 못하는 법이지!’

고수 역시 사람이었다.

더구나 이곳에는 석진호가 지켜야 할 이들이 많은 만큼 노인은 자신했다.

석진호도 흔들릴 수밖에 없을 거라고 말이다.

점창파가 허무하게 무너진 건 제자들이 도륙당하면서 이성을 잃은 것도 한몫했기에 노인은 기대했다.

‘명년 오늘이 네놈의 제삿날이 될 것이야!’

콰아아앙!

어디서나 흔하게 볼 수 있는 하급 무사들이지만 그들에게 역천폭사공이 주어진다면 얘기가 달라졌다.

한 명 한 명이 인간 화탄이 되었던 것이다.

더욱이 살 만큼 살았고, 사문을 위한 일이니만큼 누구 하나 희생하는 걸 망설이지 않았다.

투두두둑.

폭격이라도 맞은 것처럼 담벼락이 삽시간에 무너졌다.

굳이 정문이 아니더라도 내부로 들어갈 수 있는 길이 열렸던 것이다.

그 모습에 노인이 입가에 비틀린 미소를 지었다.

"뭐가 이렇게 시끄러워."

서서히 가라앉는 먼지구름 사이로 네 개의 인영이 나타났다.

뻥 뚫린 담벼락으로 네 사람이 다가왔던 것이다.

그중 선두에 있던 북궁혁이 싸늘한 눈으로 노인을 비롯해서 구가검문도들을 노려봤다.

한밤중의 소란에 짜증이 가득 솟구친 얼굴이었다.

"북해빙궁인가."

그런 북궁혁의 등장에 노인이 미간을 좁혔다.

북궁혁이 복귀했다는 말은 듣지 못했기에 살짝 놀란 것이었다.

하지만 고민은 길지 않았다.

함께 있다면 살인멸구밖에는 답이 없었다.

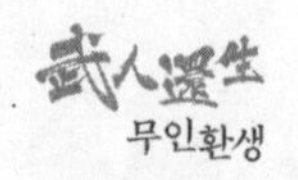

"처치해!"

중년인도 같은 생각인지 곧장 지시를 내렸다.

이렇게 된 이상 기호지세라고 생각한 모양이었다.

"안 그래도 궁금했었지. 그 유명한 폭사공의 위력이 어느 정도인지 말이야."

"뒈져라!"

북궁혁을 향해 네 명이 달려들었다.

시험을 하기보다는 확실하게 죽일 작정으로 초반부터 강수를 둔 것이었다.

더구나 누가 봐도 방심을 하고 있었기에 노인은 쉽게 북궁혁을 처치할 수 있을 거라 생각했다.

꽈아앙!

이제는 익숙해진 폭발음과 함께 노인이 무심하게 입을 열었다.

북궁혁 말고도 세 명이 더 남아 있었기에 그들의 처리를 맡긴 것이었다.

"나머지도 정리해."

"어이가 없네. 당연히 내가 죽었을 거라 생각한 건가?"

"음?"

먼지구름과 혈무 사이로 북궁혁의 멀쩡한 목소리가 들려오자 노인이 믿을 수 없다는 표정을 지었다.

아무리 삼괴의 명성이 대단하다고 하나 그래 봤자 일개 후기지수였다.

그런데 너무나 멀쩡히 뒷짐을 지고 서 있는 모습에 노인은 입을 쩍 벌렸다.

"이거 자존심이 너무 많이 상하는데. 진호한테는 다섯 명씩 연달아 보내면서 나한테는 고작 네 명이라니."

"주, 죽여! 계속 달려들어!"

말이 이어질수록 점점 더 짙어지는 살기에 중년인이 다급하게 소리쳤다.

하지만 그보다 북궁혁이 움직이는 게 먼저였다.

장심에서 무시무시한 냉기를 내뿜으며 달려들던 이들을 순식간에 얼려 버렸던 것이다.

"으으윽!"

순식간에 전신을 뒤덮는 무시무시한 한기에, 쇄도하던 노무사들이 석상처럼 굳어졌다.

절묘하게 한기를 조절했기에 얼음 동상이 되지는 않았지만 움직임을 봉쇄하기에는 충분했다.

"뭣들 하는 것이냐! 계속 공격해!"

"소용없다니까."

쩌저적!

노인이 고성을 질렀으나 결과는 똑같았다.

북궁혁에게 채 다가가기도 전에 앞서 달려들었던 이들과 똑같이 얼어붙어 꼼짝도 하지 못했던 것이다.

그리고 그 뒤는 한노가 맡았다.

북궁혁이 반쯤 얼려 버린 노무사들의 목을 수도로 죄다 날려 버렸다.

“확인은 이쯤 할까.”

“무, 무슨!”

석진호에게 달려들던 노무사들의 목이 일제히 허공으로 솟구쳤다.

손가락에서 솟구친 강기가 쭉 늘어나며 짓쳐 들던 이들의 목을 모조리 베어 버렸던 것이다.

그 광경에 노인은 물론이고 중년인도 망연자실한 표정을 지었다.

데리고 온 인원의 반을 쏟아부었음에도 옷깃은커녕 정문도 어쩌지 못한 모습에 둘은 자기도 모르게 뒷걸음질 쳤다.

“터지기 직전에 목에서부터 혈관이 튀어나온다. 그리고 전신으로 순식간에 퍼지다가 폭발해. 아마 단전이나 심장에서 시작되는 징조인 것 같은데 그걸 보면 폭발하는 순간을 알 수 있다.”

“그거 확인하느라고 가만히 있었구만?”

“폭사공에도 여러 종류가 있고, 한 번쯤은 살펴볼 필요가 있으니까. 폭발하는 순간을 알아야 몸을 내빼지.”

“잘 들었지?”

“예!”

함께 나왔던 탁윤과 정마륭이 우렁차게 대답했다.

어째서 석진호가 저런 사실을 파악하려 했는지 모를 수가 없어서였다.

"으음!"

그리고 그 모습에 노인이 마른침을 삼켰다.

본능적으로 승패가 기울었음을 느낄 수 있어서였다.

하지만 그렇다고 포기하지는 않았다.

'이렇게 된 이상 한 명만 노린다!'

남아 있는 숫자는 마흔 남짓이었다.

그렇기에 노인은 결단을 내렸다.

남은 전력을 한곳에 집중하기로 말이다.

'네놈만큼은 어떻게든 죽일 것이다!'

형형한 안광과 함께 노인이 땅을 박찼다.

그리고 그 뒤를 중년인을 비롯해서 남은 인원들이 전부 따랐다.

굳이 지시를 내리지 않아도 행동만으로 노인의 뜻을 알 수 있었기에 모두 움직인 것이다.

"네놈만큼은 반드시 데려갈 것이다!"

퍼퍼퍼펑!

노인의 포효와 함께 뒤따르던 열 명이 앞으로 뛰쳐나갔다.

충격을 중첩시키려는 의도도 있었지만 가장 중요한 이유는 시야를 가리기 위해서였다.

폭사공이 발현되는 징조를 파악하고 있는 만큼 그 틈을 타 도망칠 수도 있었기에 노무사들은 그걸 미연에 방지하고자 먼저 몸을 날렸다.

-먼저 가겠습니다!

-먼저 갑니다!

연이어 들려오는 전음을 들으며 노인이 두 눈을 부릅떴다.

짙은 먼지구름 사이로 혈무와 혈향이 가득 풍겨 왔지만 노인은 그런 것에는 일절 신경 쓰지 않았다.

오직 석진호가 앉아 있던 자리를 향해 달려갔다.

-저승에서 뵙겠습니다. 장로님.

마지막으로 중년인의 전음과 함께 지금까지와는 격이 다른 폭발이 일어났다.

거의 여섯 명이 동시에 역천폭사공을 펼친 듯한 위력이 났던 것이다.

그리고 드디어 노인의 차례가 되었다.

파아앗!

먼지구름이 갈라지며 넝마가 된 무복을 입은 노인의 모습이 드러났다.

부하들이 만든 길을 가로질러 드디어 석진호의 앞에 나타났던 것이다.

그런 그의 얼굴은 꿈틀거리는 혈관으로 인해 흉신 악살처럼 변해 있었다.

"같이 가자!"

꽈아아앙!

악귀처럼 일그러진 얼굴로 포효하던 노인의 몸이 폭발했다.

지금까지와는 비교도 안 되는 어마어마한 폭발이었다.

그 정도로 절정 고수가 펼친 폭사공의 위력은 무시무시했다.

지진이라도 난 것처럼 주변이 뒤흔들릴 정도로 말이다.

"관주님!"

"공자님!"

엄청난 폭발에 정마룡과 탁윤이 황급히 몸을 날렸다.

석진호의 무공을 모르는 건 아니지만 마지막 폭발이 워낙 심상치 않았기에, 그리고 연쇄 폭발의 충격이 없지는 않을 것 같기에 두 사람은 정문 쪽으로 달려갔다.

"난 괜찮다."

저벅저벅.

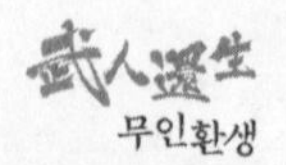

제55장 생각지도 못한

높게 치솟은 먼지구름을 가르며 석진호가 모습을 드러냈다.

무시무시했던 폭발과 달리 석진호의 의복은 멀쩡했다.

그리고 정문 역시 지금까지의 폭발이 거짓말이라는 듯이 조금도 파괴된 곳이 없었다.

"다행입니다, 관주님!"

"위력 봤지? 호신강기를 펼치지 않는 이상 무조건 피해야 해."

"절정에 올랐다고 좋아했는데. 역시 무도(武道)에는 끝이 없는 것 같습니다."

정마륭이 시무룩한 표정을 지었다.

얼마 전에 겨우 도기성강을 이루며 절정에 발을 디뎠는데 역천마궁의 폭사공을 보니 기가 팍 죽었다.

지금의 실력으로는 폭사공을 막을 엄두가 나지 않았던 것이다.

"윤이도 마찬가지고."

"……좀 더 노력하겠습니다."

"굳이 정면으로 싸울 필요는 없어. 동귀어진하려는 상대의 의도에 어울려 줄 필요는 없지."

"맞아. 절대 쪽팔린 게 아니라고. 애초에 폭사공을 선택했다는 것 자체가 무인으로서의 자긍심을 포기했다는 뜻이니까."

세 사람의 곁으로 북궁혁과 한노가 다가왔다.

그런데 한노의 얼굴에 은은한 놀람이 서려 있었다.

폭사공이라는 게 이렇게 위력적일 줄은 몰랐다는 표정이었다.

또한 사람을 화탄처럼 사용한다는 사실에도 놀란 듯했다.

"복수심에 눈이 멀면 물불을 안 가리게 되니까."

"근데 이 녀석들 너무 생각이 없는데. 나는 성동격서가 아닐까 걱정했는데. 그래서 당 소저가 남아 있던 것이기도 했고. 만약의 사태에 대비해서."

"자신 있었겠지. 백 명이 적은 숫자는 아니니까."

"확실히 백 명이 동시에 터지면……."

북궁혁이 말끝을 흐렸다.

폭사공을 직접 겪어 봤기에 위력이 상상되었던 것이다.

만약 백 명이 일제히 폭사공을 펼쳤다면 그조차도 목숨을 장담할 수 없었다.

'물론 그 전에 피하겠지만.'

석진호의 말대로 굳이 상대에게 어울려 줄 필요는 없었다.

정정당당한 대결이라면 모를까 전쟁에서는 치고 빠지는 것도 전략이었다.

"가장 좋은 건 폭사공을 펼치기 전에 죽이는 건데, 폭사공을 익혔는지 구분을 할 수 없으니."

"내가 보기에도 별 차이 없던데. 네가 말한 징조가 나타나지 않는 이상."

"도중에 중지시킬 수도 없어. 목도 베고 심장이랑 단전도 파괴해 봤는데 일단 발동이 되면 무조건 터지게 만든 모양이야."

"지독하네."

북궁혁이 헛웃음을 흘렸다.

폭사공을 만든 이의 악랄한 심보를 느낄 수 있어서였다.

동시에 문득 이런 생각이 들었다.

어쩌면 역천마궁이 일으킨 이번 혈겁이 쉽게 사그라지지 않을 것 같다는.

쿵쿵.

네 사람이 각자의 생각에 빠져 있을 때 흑휘가 삼랑이와 빙랑이를 이끌고 다가왔다.

폭발이 멈추자 슬그머니 접근했던 것이다.

그런데 흑휘가 곳곳에 흩어져 있는 육편의 냄새를 맡기 시작했다.

"어엇! 먹으면 안 돼!"

흑휘를 따라 육편에 코를 가져가는 삼랑이들을 정마룡이 잡아당겼다.

혹시나 먹을까 싶어서였다.

근데 다행히 육편을 입에 무는 아이들은 없었다.

"흐음?"

한편 석진호는 흑휘를 가만히 쳐다봤다.

하는 행동이 왠지 모르게 심상치 않아서였다.

"왜 저러는 거야?"

"잘하면 추적이 가능할지도 모르겠는데."

"듣자 하니 죽은 녀석들 구가검문 소속이라며? 그냥 거기서부터 파면 되는 거 아냐? 사천당가에 부탁하면 될 것 같은데."

"그것도 그거지만 하북성에 있는 끄나풀. 어쩌면 아직 황화현에 남아 있을지도 모르니까."

"아!"

북궁혁이 눈을 빛냈다.

확실히 가능성은 있었다.

어쩌면 멀리서 이곳의 상황을 지켜보고 있을 수도 있었고.

다만 문제는 육편에 그 흔적이 남아 있느냐는 건데, 지금 흑휘의 행동을 보면 가능성은 있었다.

"만약 흑휘가 폭사공을 익힌 사람을 구분해 낼 수 있다면 그것보다 더 좋은 일은 없겠지만 그럴 가능성은 사실 희박하지."

"되면 진짜 대박이고. 근데 그건 아무리 흑휘가 영물이라도 힘들지 않을까."

"일단 지켜보자고."

석진호가 살짝 기대한 눈으로 흑휘를 지켜봤다.

스스로도 희박하다고 생각했지만 그래도 일말의 가능성은 있었기에 석진호는 차분하게 기다렸다.

그런데 그때 흑휘가 고개를 번쩍 들었다.

여기저기서 냄새를 맡던 흑휘는 이내 석진호와 눈을 한번 맞추고는 서쪽을 향해 몸을 날렸다.

"한노는 여기 남아 있어!"

"예."

망설이지 않고 몸을 날리는 석진호를 따라가며 북궁혁이 소리쳤다.

가능성은 낮지만 석진호를 끌어내려는 함정일 수도 있었기에 북궁혁은 최소한의 안전장치를 남겨 두었다.

당가 자매와 사천당가의 호위 무사들도 있으나 그래도 한노에 비할 바는 아니었기에 북궁혁은 한노를 남겨 두고서 석진호와 함께 야공을 갈랐다.

삼엄하게 경계하는 다른 곳들과 달리 깎아지른 듯한 절벽에 자리 잡은 보초 두 명은 늘어지게 하품을 했다.

아무리 역천마궁이 기습을 잘한다지만 여기처럼 가파른 절벽을 기어올라 올 거라고는 생각하기 힘들어서였다.

물론 무인이라면, 거기다 벽호공까지 익혔다면 이런 절벽을 올라오는 것도 불가능은 아니었다.

그러나 올라올 수만 있을 뿐 싸움까지 할 여력은 전혀 없을 터였기에 둘은 긴장감이 전혀 없는 얼굴로 벽에 몸을 기댔다.

"지루하다."

"굳이 여기에 보초를 세울 필요는 없을 것 같은데."

"내 말이. 그렇다고 여기가 장문인의 집무실로 가는 지름길도 아니고."

"오히려 완전 동떨어져 있지. 그나마 장점이라면 가장 높은 곳 중 하나라서 내부를 훤히 볼 수 있다는 것 정도?"

동기인 두 사람이 투덜거렸다.

생각하면 생각할수록 역천마궁이 이곳을 노릴 이유가 하나도 없어서였다.

그럴 바에는 차라리 구역을 줄이고 힘을 비축하는 게 더 낫다고 생각했다.

"어제 삼괴 중 투괴가 도착했다는데."

"이왕이면 삼괴 전원이 오지. 그럼 전력에 큰 도움이 될 텐데."

"에이, 한 명은 북해빙궁의 소궁주인데 오겠어? 자칫 잘못하면 죽을 수도 있는데."

"무인이 죽는 게 대수야? 무공을 익힌 순간 죽음은 늘 곁에 있다고."

"그래서 넌 요절해도 상관없다?"

매부리코의 청년이 피식 웃으며 말했다.

말만 들으면 의기충천한 후기지수 같지만 실상은 그렇지 않다는 걸 너무나 잘 알아서였다.

"당연히 아니지. 이왕이면 오래 살아야지. 무명도 떨치면서."

"네 실력에 가능하겠냐?"

"왜 이래? 재능은 늦게 발현될 수도 있는 거야. 나중에 이 몸이 형산제일고수가 되면 어떡하려고?"

"말이 되는 소리를 해라."

청년이 혀를 찼다.

동기가 형산제일고수가 되는 것보다 그가 천하제일인이 되는 게 더 빠를 것 같아서였다.

"천룡검을 봐. 늦게 시작했는데 지금은 육룡을 끌어내리고 최고의 후기지수가 되었잖아."

"뭐, 꿈은 없는 것보다 있는 게 나으니까."

"뭐라고?"

끝까지 비아냥거리는 청년의 말에 사내의 이마에 핏줄이 솟았다.

동기로서 응원은 못해 줄망정 계속해서 초를 치니 빈정이 상한 것이었다.

스스스스.

근데 그때 아래에서 희끄무레한 연기가 올라왔다.

어둠을 타고서 올라온 무향의 연기는 순식간에 두 사람을 덮쳤다.

그러자 투덕거리던 두 사람이 기절하듯 허물어졌다.

절벽에서 올라온 수면향에 속수무책으로 당한 것이었다.

"역시 독보다는 수면향이 최고라니까."

"대신 번거롭잖아. 독은 한 방에 죽일 수 있는데."

"그건 맞는데 독을 쓰면 곧바로 알아차린다고. 의외로 독에 예민한 녀석들이 많아서. 하지만 수면향은 다르지. 독이 아니라서 그냥 당해. 이놈들처럼. 크크!"

푹푹!

바닥이 보이지 않을 정도로 까마득한 절벽을 올라온 장한이 죽은 듯이 쓰러져 있는 두 명의 목에 단검을 박아 넣었다.

"뭐 하러 힘을 써? 그냥 절벽 아래로 던지면 될 것을. 어차피 여기까지 소리도 안 날 텐데."

"가는 길은 편히 보내 줘야지. 금방 저승에서 만날 텐데."

"생각도 많다."

"말도 많고."
두 사람의 뒤로 다섯 명의 장정이 더 올라왔다.
그런데 다들 얼굴에 못마땅한 기색이 서려 있었다.
친한 사이도 아닌데 말이 너무 많은 것 같아서였다.
"좋게 좋게 가자고. 어차피 우리는 다 같이 죽을 텐데."
"일없다."
쌀쌀맞은 대답과 함께 다섯 명이 발 빠르게 움직였다.
약속된 장소로 서둘러 움직였던 것이다.
이윽고 여섯 번의 폭발이 연달아 일어났다.
"크윽! 이제야 마누라의 복수를 하네. 지옥에서 기다리고 있으마."
수면향을 피웠던 장한이 히죽 웃으며 역천폭사공의 구결대로 진기를 움직였다.
이윽고 마지막 일곱 번째 폭발과 함께 산사태가 일어나며 형산파를 덮쳤다.

벌떡!
폭발음과 함께 모용천은 자리에서 벌떡 일어났다.
그리고는 애검을 챙기고는 곧바로 밖으로 나갔다.
"허어……!"

눈앞에 펼쳐진 광경에 모용천은 입을 다물 수가 없었다.

갑작스러운 산사태에 경내 절반이 매몰된 모습을 보자 아무런 말이 나오지 않았던 것이다.

"공격하라!"

"모조리 죽여!"

그와 동시에 역천마궁의 습격이 이어졌다.

산사태를 기다리고 있었다는 듯이 사방에서 역천마궁도들이 짓쳐 들었던 것이다.

"마, 막아!"

"우왕좌왕하지 말고 자리를 지켜!"

"일단 전선을……! 커헉!"

폭사공을 펼치지 않았음에도 형산파와 형산에 집결해 있던 무인들은 속수무책으로 죽어 나갔다.

산사태로 인해 혼이 빠진 틈을 역천마궁은 놓치지 않았던 것이다.

거기에 간헐적으로 이어지는 폭사공은 백도 무인들을 더욱 정신없게 만들었다.

'이대로는 좋지 않아!'

모용천이 눈을 번뜩였다.

곳곳에서 어떻게든 혼란을 잡기 위해 악을 쓰고 있었지만 모용천이 보기에 지금은 맞서 싸우기보다는 일단 물러나 전력을 추슬러야 했다.

지금 싸워 봤자 이도저도 안 될 게 뻔할뿐더러 역천마궁이 원하는 게 바로 그것일 것이기에 모용천은 이를 악물고서 이동했다.

헥헥헥!

그런 그의 곁에는 어느새 철랑이가 있었다.

주인을 용케 쫓아왔던 것이다.

"이놈들!"

쩌저저적!

한참을 달린 모용천이 안도의 한숨을 내쉬었다.

내심 휘말리지는 않았을까 걱정했는데 다행히 백리세가 쪽은 비껴간 듯싶었다.

물론 그렇다고 해서 안전하지는 않았다.

사방에서 모여드는 적들로 인해 백리세가 역시 힘겹게 버티는 중이었다.

"먼저 잡는 놈이 임자다!"

"크헬헬헬! 빙화다, 빙화!"

"빙화는 내 거다! 전부 꺼져!"

백리세가가 모여 있는 곳으로 역천마궁도들이 시시각각 모여들었다.

그런데 그 숫자가 다른 곳에 비해 배가 훌쩍 넘었다.

하나같이 백리선을 노리고서 달려들었던 것이다.

으드득!

그 모습에 모용천이 어금니를 깨물었다.

백리선에게 달려드는 짐승 같은 놈들을 보자 분노가 치솟았던 것이다.

아우우우!

그런 모용천의 살기를 느낀 것인지 철랑이도 길게 울부짖었다.

오랜만에 맹수다운 면모를 뽐냈던 것이다.

"뭐야?"

"웬 늑대?"

"투괴다!"

"뭐? 모용천이라고?"

갑자기 들려오는 늑대 울음소리에 백리세가를 공격하던 역천마궁도들이 움찔했다.

형산에서 늑대를 데리고 있는 무인은 모용천밖에 없다는 사실을 잘 알아서였다.

"쫄 거 없어! 그냥 죽이면 돼!"

"투괴가 별거냐!"

당황도 잠시, 몇몇 장한들이 소리쳤다.

숫자가 압도적이었기에 기죽을 것 없다고 생각한 것이었다.

게다가 모용천을 잡으면 지금껏 투괴가 쌓아 온 명성 역시 자신이 차지할 수 있었기에 되레 기대하는 이들도 있었다.

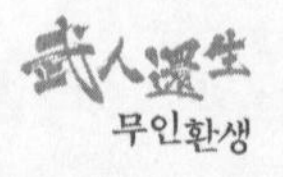

하지만 그 기대는 오래가지 못했다.

서걱.

호기롭게 소리친 이들부터 모용천이 죽여 버렸던 것이다.

반격할 틈도 없이 깔끔하게 심장을 베어 버리며 모용천은 단숨에 백리선에게 달려갔다.

"모, 모용 공자님!"

갑자기 나타난 모용천을 향해 백리선이 소리쳤다.

난장판 속에서 자신을 찾아올 줄은 몰랐기에 백리선은 깜짝 놀란 것이었다.

그리고 그 소리에 백리세가주와 소가주 역시 퍼뜩 놀라며 고개를 돌렸다.

"길게 말할 시간이 없습니다! 우선은 물러나야 합니다!"

"나도 같은 생각이네! 그런데 어디로 가야 한단 말인가?"

백리세가주의 얼굴에 다급함이 서렸다.

그 역시 모용천과 같은 생각이었다.

다만 문제는 빠져나갈 곳이 없다는 점이었다.

지금 이 순간에도 딸을 노리고 수십, 수백 명이 모여들고 있었기에 빠져나갈 틈이 보이지 않았다.

"제가 길을 열겠습니다!"

"자네가 말인가?"

"예! 다른 방파들 역시 뒤로 물러나고 있습니다. 그들과 합류해야 합니다!"

"믿겠네!"

여기서만 싸웠던 그들과 달리 모용천은 형산파의 내부를 가로질러 왔다.

그런 만큼 그보다는 전체적인 상황에 대해서 잘 알 것이기에 백리세가주는 붉어진 얼굴로 소리쳤다.

"따라오십시오!"

"모용 소협을 따라라!"

"아버지는요?"

"나는 후미를 맡을 것이다. 그러니 너는 여동생과 가솔들을 챙겨라!"

"……알겠습니다!"

소가주가 입술을 깨물었다.

선두만큼이나 위험한 곳이 후미였다.

그렇기에 소가주는 군말 없이 백리선과 가솔들을 챙기고서 모용천의 뒤를 따랐다.

"차하합!"

결정을 내린 것처럼 순식간에 쐐기 모양으로 진형을 구축하는 백리세가 무인들의 모습을 확인한 모용천은 애검에 진기를 한가득 집어넣었다.

그러자 그의 검에서 찬란한 검강이 무려 삼 장이나 치솟았다.

"끄아악!"

"케헥!"

거대한 검강을 모용천은 무자비하게 휘둘렀다.

앞을 가로막고 있는 이들을 단숨에 썰어 버렸던 것이다.

그리고 그 틈을 타 북쪽을 향해 질주했다.

포위망이 가장 허술하기도 하고, 다른 문파들도 북쪽으로 가던 걸 봤기에 모용천은 망설이지 않고 길을 열었다.

"모용 공자를 따라라!"

"예!"

모용천이 연 길을 소가주가 뒤따르며 길을 더욱 벌렸다.

가솔들이 빠져나갈 수 있게 공간을 더 크게 만들었던 것이다.

"잡아!"

"여기까지 와서 놓칠 순 없지!"

"가려거든 빙화는 놔두고 가라!"

"어디서 감히!"

쿠르르릉!

음욕으로 번들거리는 수십 쌍의 눈을 향해 백리세가주가 진기를 가득 담아 호통을 쳤다.

감히 자신의 딸을 향해 음심을 품자 분노한 것이었다.

동시에 그의 손에 들린 검이 신들린 것처럼 춤을 췄다.

비록 천하십대고수에 이름을 올리진 못했으나 그 역시 백도무림을 대표하는 고수 중 한 명이었다.

"피, 피해라!"

"으아악!"

살기를 가득 머금은 검이 순식간에 전방을 휩쓸었다.

폭풍 같은 검세가 역천마궁도를 단숨에 쓸어 버렸던 것이다.

그 무지막지한 광경에 백리선을 부르짖으며 달려들던 역천마궁도가 멈칫거렸다.

"흥!"

하지만 그런 그들을 백리세가주는 가만 놔두지 않았다.

바짝 굳어 있는 그들을 향해 재차 검을 휘둘렀고, 곳곳에 피 분수가 치솟았다.

"아버지!"

순식간에 오륙십 명을 도륙한 백리세가주가 몸을 돌렸다.

뒤에서 들려오는 아들의 목소리에 황급히 이동한 것이다.

그러면서 그는 새삼스러운 눈으로 선두의 모용천을 쳐다봤다.

'……내 아래가 아니다.'

모용천의 실력이 대단하다는 건 그도 알고 있었다.

남궁세가에서 열린 용봉지회 때 직접 비무하는 걸 보기도 했고.

하지만 그때 보여 준 실력은 지금에 비하면 조족지혈이었다.

그 정도로 모용천의 무위는 압도적이었다.

'투괴가 저 정도라면 검괴는 어느 정도라는 거지?'

모용천과 함께 참여했던 북궁혁도 엄청난 실력자였다.

일개 후기지수라고 생각하기 힘들 정도로 말이다.

하지만 그런 북궁혁도 삼괴 중 최강자는 아니었다.

'궁금하군.'

무시무시한 무공을 선보이는 모용천을 보자 백리세가주는 덩달아 석진호도 궁금해졌다.

그러나 그는 이내 머리를 흔들었다.

지금은 이 위기에서 빠져나가는 게 먼저였다.

아직 위기가 끝난 건 아니었기에 백리세가주는 두 눈을 부릅뜨고서 사방을 살피며 후미를 지켰다.

우지끈!

불타던 대들보가 쓰러지며 끝내 전각이 무너졌다.

하지만 오랜 역사를 품고 있는 목조건물이 허물어졌음에도 중년인은 조금도 신경 쓰지 않았다.

오히려 만족스러운 얼굴로 처참하게 파괴된 형산파의 전경을 둘러봤다.

"파악한 결과 사 할 정도가 빠져나간 것 같습니다."

"조무래기들은 놓쳐도 상관없다. 중요한 건 수장급들이지."

"……많이 생포하지는 못했습니다. 죄송합니다."

"쯧! 역시 그런가."

"산사태로 매몰된 이들이 상당합니다."

열두 제자 중 첫째가 부복한 자세로 대답했다.

산사태 덕분에 큰 피해 없이 형산을 정복하기는 했으나 그로 인해 전리품 역시 상당히 줄어들었기에 첫째는 그 부분을 콕 짚어 말했다.

"산사태보다 더 쉬운 방법이 있다고 생각하느냐?"

"……아닙니다. 저희는 그저 궁주님의 뜻을 따를 뿐입니다."

첫째는 물론이고 나머지 제자들도 머리를 조아렸다.

하지만 그는 알았다.

지금의 모습이 그저 보여 주기식이라는 사실을 말이다.

"장경각은?"

"가장 먼저 차지한 곳이기에 멀쩡합니다. 훼손된 무서나 경전은 없습니다. 현재 전부 다 본궁으로 옮기는 중입니다."

"좋군."

"슬슬 패잔병들을 추격해야 하지 않겠습니까? 다음 전투를 위해서라도 이번에 확실하게 추살해야 한다고 생각합니다. 숫자는 줄일 수 있을 때 줄이는 게 좋지 않겠습니까."

여전히 머리를 조아린 채로 첫째가 말했다.

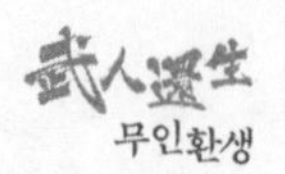

그리고 그 말에 다른 제자들도 고개를 끄덕이며 동조했다.

"쥐도 궁지에 몰리면 고양이에게 달려드는 법이다. 숫자가 제법 된다고 하나, 그래 봤자 잔챙이일 뿐이다. 중요한 건 구파일방과 오대세가지. 아, 점창이 사라졌으니 이제는 팔파일방인가."

"하면 순순히 보내 주실 생각입니까?"

"그건 아니지. 다만 뒤처리를 너희가 할 필요는 없다는 거다."

중년인의 시선이 첫째를 시작으로 열두 제자를 훑었다.

그런데 그 눈빛을 느낀 모양인지 열두 제자들이 동시에 몸을 떨었다.

점창파의 멸문 이후 한층 더 고강해진 것 같아서였다.

"뒤처리는 아랫것들이 할 것이다. 다들 전공에 혈안이 되어 있으니까. 너희가 할 일은 따로 있다."

"하명하시지요."

"정도무림이 집결하지 못하게 만들어야 한다."

"팔파일방과 오대세가를 공격하라는 말씀이십니까?"

"맞다. 무림맹이 발족하기 전 각개격파 하라는 말이다. 왜? 자신 없느냐?"

중년인이 다시 한번 열두 제자들을 훑었다.

하지만 이번에는 누구 하나 움찔거리는 이들이 없었다.

오히려 열두 명 다 기다렸다는 듯한 반응이었다.

"아닙니다."

"쉽지는 않을 거다. 대문파와 명문 세가라는 이름이 괜히 붙은 게 아니니까."

"우리가 쌓아 온 세력 역시 결코 약하지 않습니다."

"그 패기, 마음에 드는구나. 내 제자라면 그 정도 패기는 있어야지."

기다렸다는 듯이 대답하는 첫째의 모습에 중년인의 미소가 짙어졌다.

그런데 그는 단순히 흡족해하지만은 않았다.

"지금 당장 출발합니까?"

"시간을 끌 필요 없지."

"알겠습니다. 바로 출발하겠습니다."

"어디로 갈 건지는 너희끼리 정해라. 단, 어디를 가든 확실한 결과를 가져와야 할 것이다."

"존명."

열두 제자가 순식간에 사라졌다.

전음으로 대화를 나눈 듯 각자 다른 방향으로 흩어졌던 것이다.

그런 열두 제자들의 모습을 중년인은 가만히 지켜봤다.

"과유불급이라. 욕심을 부리는 것은 좋으나, 선은 넘지 않는 게 좋을 것이다. 후후후!"

멀어지는 열두 제자들을 하나하나 살펴보며 중년인이 의

미심장하게 웃었다.

자신의 명령을 어째서 반기는지 그는 잘 알고 있어서였다.

또한 각자 복심이 있다는 것도.

하지만 거기까지는 이해했다.

"사내대장부로 태어났으니 당연히 야망을 품어야지. 나 역시 마찬가지였고. 단, 쉽게 밀려날 생각은 나도 없다는 거."

천하 정복의 뜻을 품고 지금껏 살아온 그였다.

그런 만큼 열두 제자들이 딴마음을 품고 있어도 개의치 않았다.

결국 그가 강하면 상황은 지금과 똑같을 것이었다.

때문에 그는 조금도 걱정하지 않았다.

"이제 무당파인가."

중년인의 시선이 북쪽으로 향했다.

형산도 정복했으니 이제 가야 할 곳은 무당산이었다.

북숭소림 남존무당 중 바로 그 무당파 말이다.

또한 쌍존 중 검존(劍尊)이 있는 곳이기도 했다.

"이왕이면 소림에 가기 전에 답을 찾았으면 좋겠는데 말이지."

불끈불끈.

조금 전 형산파의 장문인을 잡아먹어서 그런지 팔뚝에 핏줄이 솟았다가 가라앉기를 반복하고 있었다.

새롭게 몸에 들어온 기운이 아직 확실하게 통제가 안 되었던 것이다.

하나 그럼에도 중년인은 히죽 웃었다.

어찌 됐든 그의 힘인 건 변함이 없어서였다.

"제자들이 답을 찾아도 나쁘지 않지, 후후후!"

알 수 없는 말과 함께 중년인이 사라졌다.

형산에 시체들만 가득 남겨 두고서 말이다.

활짝 열린 창문 앞에 선 석진호가 연무장을 내려다봤다.

얼마 전 구가검문의 야습 때 받은 충격이 상당한 모양인지 탁윤과 정마륭은 물론이고 채소강도 기합이 바짝 들어가 있었다.

평소에도 열심히 수련하던 녀석들이 지금은 몸에 무리가 갈 정도로 스스로를 몰아붙이는 모습에 석진호는 미간을 좁혔다.

"나 불렀다며?"

"응. 새로운 소식이 와서."

"천이에 대한 거?"

집무실의 문이 열리며 북궁혁이 들어왔다.

그러고는 자연스럽게 의자를 빼서 앉았다.

"천이 소식도 있고, 강호 정세에 대해서도 말해 주려고."

"난 다른 곳 소식은 딱히 관심이 없는데? 중원에서 내가 관심 있는 곳은 딱 두 곳밖에 없어. 나 북해빙궁 출신인 거 잊었어?"

"그래도 정세 정도는 알고 있어야지. 알아서 나쁠 건 없잖아?"

"뭐, 굳이 말해 주겠다면야."

북궁혁이 어깨를 으쓱였다.

중원이 편해지긴 했으나 그는 북해 출신이었다.

그것도 북해빙궁이라는 거대한 세력의 차기 주인이었다.

그렇기에 북궁혁에게 중원무림의 상황은 크게 중요하지 않았다.

"형산까지 내려갔었는데, 점령당했다네. 단 하룻밤 만에."

"구대문파에는 들지 못해도 크게 뒤처지는 문파는 아니라고 들었는데."

"맞아. 점창파의 잔존 세력과 호남성의 명문 방파들도 합류했지. 그런데 산사태로 반 이상을 매몰시켰다네."

"허!"

생각지도 못한 방법에 북궁혁이 헛웃음을 흘렸다.

국가 간의 전쟁도 아니고 무림 세력 간의 전쟁에서 산사태를 일으켰다고 하자 어이가 없었던 것이다.

"어차피 무림공적으로 몰렸으니 이것저것 안 가려도 되는 상황이기는 하지. 폭사공은 몰라도 흡정마공은 익혀선 안 되는 금공(禁功)이니까.”

“천이는?”

“백리세가와 무사히 탈출해서 현재 무당산으로 가고 있다네.”

“다행이네.”

북궁혁이 안도의 한숨을 내쉬었다.

쉽게 죽을 녀석이 아니란 걸 알고 있지만 그래도 순간 움찔할 수밖에 없었다.

전쟁이라는 게 워낙에 변수가 많고, 강하다고 해서 반드시 살아남는 건 아니었기 때문이다.

“만약 무당산에서도 밀린다면 상황이 심각해질 거야.”

“그렇게 되면 강남 쪽은 다 넘어갔다고 봐야지. 근데 백도무림도 참 답답하네. 이 정도 밀릴 때까지 뭐 한 거야? 점창파가 무너졌을 때 힘을 합쳤다면 초기에 진압이 가능했을 텐데.”

“사공이 많으니 어쩔 수 없지. 무림맹도 연합체의 성격이 짙고.”

“이거 불안한데.”

북궁혁이 인상을 찌푸리며 턱을 긁었다.

점창파에 이어 형산파마저 집어삼켰으니 역천마궁의 기세가 더욱더 올랐을 게 자명해서였다.

그리고 그건 백도무림에 있어 악재였다.

“분위기는 그런데 실질적으로 쌍존삼왕오절은 나서지도

않았어. 점창파를 제외한 구파일방과 오대세가의 전력도 건재하고. 피해가 상당한 건 사실이지만 그렇다고 최악인 것도 아냐."

"근데 용케 백리세가와 함께 움직이네."

"나도 듣고 좀 놀랐어. 자세한 사정은 모르지만 일단 함께 움직인다는 건, 어느 정도 마음을 드러냈다고 봐야겠지."

"다 컸네, 다 컸어. 우리 천이. 흐흐흐!"

북궁혁이 음흉하게 웃었다.

가슴앓이만 하던 녀석이 마음을 표현한 듯하자 미소가 절로 나왔던 것이다.

"전쟁 속에서도 사랑은 피어나니까."

"구가검문에 대한 건?"

"현재까지 알아낸 건 사천성의 역천마궁 무리와 모여 작당 중이라는 것 정도? 나에 대한 원한이 가장 깊겠지만 사천당가에 대한 분노와 배신감도 상당할 테니까."

"마음 같아서는 당장 쳐들어가고 싶은데 말이지."

북궁혁이 형형한 안광을 뿌렸다.

지난번 습격 때 구가검문의 무리는 그도 함께 죽이려고 했었다.

살인멸구를 이유로 말이다.

그렇기에 북궁혁 역시 구가검문을 적으로 규정했다.

"아직은 때가 아니다."

"그러니까 이렇게 가만히 있는 거다. 뭐, 가장 달려가고 싶은 건 너겠지만."

"언젠간 보겠지."

석진호가 의미심장하게 웃었다.

그런데 그건 북궁혁도 마찬가지였다.

"이젠 나하고도 원수 관계가 되었어. 그러니까 변동 사항이 있으면 바로바로 말해 달라고."

"알았어."

"감히 이 몸을 죽이려 한 대가를 치러야지. 역천마궁도들 역시 보이는 족족 처치하고."

쳐들어온 건 구가검문이었지만 그 뒤에는 역천마궁이 있었다.

그렇기에 북궁혁은 역천마궁을 따로 생각하지 않았다.

은원의 고리라는 게 상당히 끈적끈적하고 질기다는 걸 너무나 잘 알고 있었으니까.

물론 역천마궁이 갑자기 세를 불리다 보니 결속력이 약하다고 하지만, 중요한 건 구가검문을 받아들이고 폭사공을 전수해 주었다는 점이었다.

"흑휘한테 기대를 해 봐야지. 끄나풀을 찾아냈으니까."

"근데 어떻게 찾아냈을까? 영물이 신비한 존재라고는 하지만 사실 흑휘는 짬밥이 그리 많은 편은 아니잖아?"

"내가 잘 먹이긴 했지만 연차로만 따지면 백오십 년 정도 되었지."

"거북이 같은 경우는 백 년은 영물로 치지도 않잖아. 워낙에 오래 사는 동물이라. 근데 연차도 그리 길지 않은 녀석이 어떻게 그런 신통방통한 일을 해냈을까."

미야옹.

호랑이도 제 말 하면 온다는 속담처럼 창문틀에 흑휘가 나타났다.

도도한 걸음걸이를 선보이며 다탁 위까지 올라왔다.

"흑휘만의 능력인가 보지. 사람 중에서도 남들과는 다른 능력을 가진 자들이 있으니까."

"하긴. 세상에 비밀스럽고 신비스러운 일이 워낙 많아야지."

북궁혁은 더 이상 고민하지 않았다.

자신이 고민한다고 해서 명확한 답이 나오지 않을 것임을 잘 알아서였다.

만약 흑휘가 사람의 말을 하거나 혹은 글을 쓸 줄 알게 된다면 필담을 나눌 수 있겠지만, 그럴 가능성은 희박했다.

인간이 고양이의 언어를 배우는 것만큼이나 괴리감이 있을 게 분명하기에 북궁혁은 더 이상 깊게 생각하지 않았다.

"역천마궁 녀석들을 찾는다고 너무 멀리 나가지는 말고. 네가 있어야 할 자리가 어디인지 잘 알고 있지?"

고로롱. 고롱.

흑휘가 고개를 크게 끄덕였다.

당하린과 당아린 자매에다 사천당가의 호위 무사들이 있다고 하나 그들은 결국 남이었다.

그렇기에 흑휘는 분명하게 인지하고 있었다.

자신이 소하정을 지켜야 한다는 사실을 말이다.

"녀석."

믿음직스럽게 대답하며 손등을 핥는 흑휘를 석진호는 반대 손으로 쓰다듬어 주었다.

그러자 흑휘가 몸을 발랑 뒤집었다.

"충성심이 대단하네. 고양이들은 진짜 웬만해서는 배를 안 보여 주는데."

"정작 나는 배를 만지고 싶은 마음이 없는데 말이지."

"신뢰와 복종의 의미야. 그만큼 믿는다는 거지. 그나저나 우리 빙랑이는 언제쯤 흑휘처럼 강해지려나."

"일단 삼랑이들부터 따라잡아야 할 것 같은데?"

"그놈들 어째 덩치가 더 크는 거 같지 않아?"

북궁혁이 미간을 좁혔다.

가뜩이나 컸던 녀석들이 근래 들어 더욱 커진 듯한 느낌이 들어서였다.

게다가 힘은 또 얼마나 좋은지 아무리 자식이라지만 빙랑이가 쪽도 못 썼다.

"마룡이가 좋은 거 잘 먹이나 보지."

"우리 빙랑이도 얼른 성체가 되어야 할 텐데. 그래야 몸에 좋은 걸 팍팍 먹일 텐데!"

"과유불급이란 말 알지? 뭐든지 적당히."

"아니까 기다리는 거지. 참, 철랑이는 괜찮대?"

삼랑이 얘기가 나와서인지 얘기는 자연스레 모용천이 키우는 철랑이까지 이어졌다.

사람도 속절없이 죽어 나가는 게 전쟁인 만큼 철랑이가 걱정되었던 것이다.

"아직까지는 함께 있는 거 같아."

"짜식이 말이야. 아무리 급해도 친구들한테 연락은 해야지."

"괜히 걱정 끼치기 싫어서 그런 거겠지. 정신이 없기도 할 테고."

"연애하느라?"

"그 부분까지는 나도 모르는지라. 일단 인편으로 서신을 보냈으니 답장을 기다려 봐야지."

갑작스러운 전쟁으로 난리가 난 중원이었으나 그렇다고 모든 일이 마비된 건 아니었다.

보부상들은 여전히 천하가 좁다 하고 돌아다니고 있었고, 농부들은 농사를 짓고 있었다.

그런 만큼 위치만 파악된다면 표국을 통해 서신을 보내는 건 가능했다.

다만 평소보다 가격이 비싸져서 그렇지.

"편지 보냈어?"

"폭사공의 징조에 대해 알고 있을 수도 있지만, 모를 수도 있으니까. 혹시 몰라 간략하게 써서 보냈다."

"역시 은근히 세심하다니까?"

"친구끼리 돕고 살아야지."

북궁혁이 자기도 모르게 빙그레 웃었다.

참 좋은 말 같아서였다.

동시에 이번 중원행에서 얻은 게 참 많다고 생각했다.

"근데 궁금하기는 하네. 점창파 장문인은 물론이고 형산파 장문인도 반항다운 반항도 못 하고 패배했다고 하는데."

"천하십대고수급이라고 봐야겠지. 스스로는 쌍존하고도 할 만하다고 생각할 테고. 그렇지 않으면 이렇게 혈겁을 일으키지 않았겠지."

"쌍존이라."

북궁혁이 눈을 빛냈다.

무인으로서의 호승심을 불태우는 모습이었다.

반면에 석진호는 딱히 큰 관심을 보이지 않았다.

늘 그렇듯이 무덤덤한 얼굴로 차만 홀짝였다.

"마룡아, 마룡아!"

"예, 아가씨!"

고된 수련에 널브러져서 쉬고 있는 관도들을 지켜보던 정마륭이 뒤에서 들려오는 익숙한 음성에 몸을 일으켰다.

그러자 곁에 있던 탁윤도 무슨 일인가 싶어 일어났다.

"으윽!"

"너희는 누워 있어! 마륭이랑 할 말 있어서 온 거니까!"

"예에!"

두 사람이 일어나자 따라서 일어나려던 아이들을 당아린이 만류했다.

이제는 제법 오랜 시간을 함께해서 그런지 그녀도 아이들도 서로를 편하게 대했다.

물론 눈치를 보는 쪽은 아이들이었지만 말이다.

"다른 곳으로 갈까요?"

"그 정도로 중한 이야기는 아니고. 너한테 줄 게 있어서. 정확하게는 삼랑이들 거지만."

"삼랑이들요?"

크릉?

따사로운 햇살을 받으며 엎어져서 낮잠을 자고 있던 삼랑이들이 고개를 번쩍 들었다.

자면서도 용케 자신들을 부르는 말을 들은 것이었다.

당아린의 낭랑한 목소리에 이미 반쯤 깨어 있기도 했고.

"자, 받아. 얘들 특식이야."

"어……."

당아린이 활짝 웃으며 작은 봇짐 하나를 내밀었다.

하지만 정마륭은 그걸 선뜻 받지 않았다.

이걸 받아도 되나 하는 생각이 들어서였다.

"내가 너랑 윤이에게 받은 도움이 많잖아. 그래서 보답의 의미로 준비한 거니까 받아. 윤이도 나중에 따로 챙겨 줄 거니까 걱정하지 말고 받아."

"뭔가요?"

"흐음? 나 서운해지려 한다? 우리 사이가 이렇게 조심스러운 사이였어? 나는 나름 돈독하다고 생각했는데."

"그런 의미가 아니라, 제가 아가씨의 선물을 받아도 되는지 의문이 들어서요."

새치름한 얼굴로 눈을 흘기는 당아린을 향해 정마륭이 어색하게 웃었다. 친해진 건 분명했지만 근본적으로 그녀와는 신분적 차이가 있었다.

더구나 당아린은 어찌 됐든 손님이었기에 정마륭으로서는 조심스러울 수밖에 없었다.

"받아도 돼. 너는 그럴 자격이 있어!"

꼬롱!

당아린의 옆에 엉덩이를 붙이고 앉아 있던 미호가 낮게 울었다.

어떤 말이든 당아린의 말을 지지한다는 듯이 말이다.

"그럼 감사히 받겠습니다."

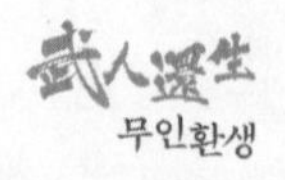

"진즉에 그랬어야지. 얼른 열어 봐."

"지금요?"

"응응!"

정마륭의 손에 선물 꾸러미를 냉큼 넘긴 당아린이 눈을 빛냈다.

마치 자기가 선물받은 것처럼 신난 얼굴로 말이다.

그 부담스러운 눈빛과 표정에 정마륭이 어색하게 웃으며 손에 들린 꾸러미를 천천히 풀었다.

"어?"

"삼랑이들을 위한 선물이야. 더덕은 네가 먹어도 좋고. 백 년 묵은 산더덕은 산삼만큼이나 좋은 거 알고 있지?"

"우, 우와!"

생각지도 못한 선물이었기에 정마륭은 정말 크게 놀랐다.

이런 걸 줄 줄은 진짜 꿈에도 생각하지 못해서였다.

게다가 선물은 손목만 한 더덕이 다가 아니었다.

오륙십 년은 족히 묵었을 법한 흑하수오는 물론이고 작긴 했지만 진짜 산삼도 있었다.

"어때? 마음에 들어?"

"진짜 이걸 저에게 주시는 건가요?"

"응. 우선은 너부터. 장유유서라는 말도 있는데 당연히 형부터 챙겨 줘야지. 근데 산삼은 보다시피 오래 묵은 건 아냐. 산삼이긴 한데 백 년도 안 된 것들이라 영초라고 하기에 민

망한 것들이야. 그래도 삼랑이들한테 먹이면 도움이 되지 않을까 싶어서 엄마한테 보내 달라고 했어."

크릉.

풀때기에는 눈곱만큼도 관심이 없다는 듯이 삼랑이들이 다시 눈에 감았다.

육포라면 모를까 풀에는 세 마리 다 전혀 관심 없었다.

"지네도 있네요?"

"이것도 몇십 년은 묵은 것들이래. 먹이면 도움이 될 것 같아서."

"미호랑 같이 먹여도 될 것 같은데요? 미호도 이젠 다 컸잖아요."

당아린이 대견스럽다는 표정을 지었다.

다른 사람이었다면 손에 쥔 걸 절대 나누려고 하지 않았을 텐데 역시 정마륭은 달라서였다.

오히려 과하다는 듯이 머뭇거리는 정마륭의 모습에 당아린이 크게 고개를 저었다.

"나 누구인지 잊었어? 사천당가의 차녀가 바로 나야. 미호 거는 지금 준비 중이니까 걱정 안 해도 돼. 윤이 챙겨 준 다음에 미호 거가 오니까 지금 받은 건 너랑 삼랑이들 거야."

"윤이랑 나눠 먹어도 충분할 것 같은데요?"

전갈이나 지네 같은 곤충들은 아무리 잘 말렸다고 해도 먹기가 꺼림칙했다.

하지만 하수오 중에서도 귀하다는 흑하수오나 산삼, 더덕은 신선하게 잘 포장되어 있었기에 당장 먹어도 될 정도였고, 양도 넉넉했기에 정마륭은 고개를 저었다.

"에이, 그걸 누구 코에 붙여. 너한테는 좀 많겠지만 윤이를 봐. 저 덩치에 이게 가당키나 해?"

"……저 그렇게 많이 안 먹는데요. 요즘은 마륭이 형만큼만 먹어요."

조용히 있던 탁윤이 뒷머리를 긁적였다.

작년까지는 어마어마하게 먹었지만 지금은 아니어서였다.

물론 마음만 먹으면 한창 먹을 때만큼 먹을 수 있지만 요즘에는 딱 필요한 만큼만 섭취했다.

"괜찮으니까 이건 마륭이만 먹어. 삼랑이들도 챙겨 주고."

"이제는 셋 다 머리가 커서 먹으려고 할지 모르겠네요. 말린 곤충들은 지들도 생각이 있으니 먹긴 하겠지만 더덕이나 흑하수오는……."

"그게 진짜 좋은 건데. 미호는 잘만 먹는데 말이지."

"여우는 잡식성이니까요. 열매도 먹는데요."

지금도 못 들은 척 두 눈을 감고 있는 삼랑이들의 모습에 정마륭이 피식 웃었다.

머리가 큰 만큼 이제는 웬만한 사람 말은 알아들었고, 하기 싫은 건 하지 않으려고 했다.

그래도 주인이 시키면 하는 시늉을 하긴 했지만 싫어하는 티가 확 났다.

"우리 미호가 착해서 그래. 날 엄마처럼 생각한다니까."

끼이잉!

미호가 당아린의 다리에 머리를 비볐다.

예전처럼 안기고 싶었지만 이제는 덩치가 커져서 안기기가 여의치 않자 미호는 머리를 비비거나 몸으로 당아린을 휘감았다.

"저는 그냥 개성이 강한 걸로 생각하려고요."

"흑휘한테 부탁해 봐. 맞기 싫으면 먹지 않겠어?"

"호오."

정마륭이 솔깃한 표정을 지었다.

자신에게는 가끔 반항도 하는 삼랑이들이었지만 흑휘에게는 아니었다.

같은 짐승이라 그런지 삼랑이들은 여전히 흑휘 앞에서는 숨도 제대로 쉬지 못했다.

눈도 제대로 마주하지 못했기에 정마륭은 혹한 얼굴로 턱을 긁었다.

"아니면 관주님께 부탁해 보든가. 흑휘만큼이나 관주님께는 절대복종하던데."

"하하하."

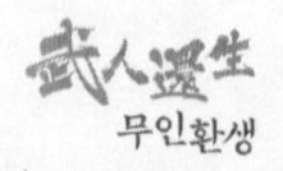

제56장 승천무관으로

정마룡이 자기도 모르게 웃음을 터트렸다.

그녀의 말을 들으니 석진호의 앞에 납작 엎드리던 삼랑이들의 모습이 떠올랐던 것이다.

하지만 그게 정마룡은 서운하지 않았다.

석진호와 흑휘는 삼랑이들에게는 생사여탈권을 쥐고 있는 존재들이었다.

그러니 절대복종하는 게 결코 이상하지 않았다.

"내가 보기에는 관주님까지 갈 필요는 없을 것 같긴 한데."

"자, 하나씩 먹자."

정마룡이 봇짐 속에 있던 흑하수오 하나를 세 조각으로 찢었다.

하지만 삼랑이들은 요지부동이었다.

분명 정마륭의 목소리를 들었을 텐데도 귀 한번 쫑긋거리지 않았다.

"호호호!"

마치 시체처럼 꼼짝도 하지 않는 삼랑이들의 모습에 당아린이 박장대소했다.

하는 행동이 딱 아빠 말 안 듣는 네 살 남짓의 아이들 같아서였다.

"싫다면 흑휘를 불러올 수밖에."

흠칫!

죽은 척하듯 가만히 있던 삼랑이들이 순간 움찔거렸다.

흑휘라는 두 글자에 본능적으로 반응한 것이었다.

"참고로 이거 먹을 때까지 간식은 없다. 모두에게 다 전달할 거야. 절대 간식 주지 말라고. 밥도 주지 말고."

끼이잉…….

이어지는 협박에 결국 청랑이를 위시로 황랑이와 갈랑이도 눈을 떴다.

흑하수오를 먹지 않으면 쫄쫄 굶게 생겼기에 억지로 입에 물었다.

"먹는 척하지 말고 이 자리에서 다 먹어. 잔머리 쓰면 가둬 두고 사흘 동안 밥 안 줄 거다."

꿀꺽!

말귀를 전부 다 알아들은 건 아니었지만 핵심적인 부분은 확실하게 이해한 삼랑이들이 흑하수오 조각을 냉큼 삼켰다.

씹는 순간 쓴맛의 고통이 온다는 걸 그간의 경험으로 알고 있었기에 삼랑이들은 그대로 삼켜 버렸다.

그러고는 영악하게도 다 먹었다는 듯이 입을 쩍 벌리기까지 했다.

"진짜 똑똑해졌다니까."

그 모습에 당아린이 흐뭇한 표정을 지었다.

주인은 아니지만 그래도 애기 때부터 같이 키워서 그런지 반은 주인이라고 해도 과언이 아니었다.

어떻게 보면 정마륭보다 그녀가 더 많이 끼니를 챙겨 주기도 했고 말이다.

"입 벌린 김에 더덕이랑 산삼도."

컥! 케헥!

삼랑이가 입을 벌리고 있는 기회를 정마륭은 놓치지 않았다.

지금이 아니면 또다시 실랑이를 해야 했기에 정마륭은 이참에 봇짐 안에 있던 자잘한 산삼들과 하수오들을 정확히 삼등분해서 덩치만큼이나 커다란 입안에 쏙 집어넣었다.

"뱉어 내면 흑휘 불러올 거니까 그냥 먹어라."

그르르릉.

단호한 정마륭의 한마디에 삼랑이들이 시무룩한 표정을

지었다.

하지만 누구 하나 입 밖으로 토해 내지 않았다.

흑휘에게 혼나느니 차라리 쓴맛을 느끼는 게 나았다.

"아이구, 잘 먹네. 이게 다 몸에 좋은 거야. 그러니 꼭꼭 씹어 먹어. 이따가 게워 내는 거 보이면 두 배로 먹일 테니까 좋은 말로 할 때 그냥 먹어. 알았지?"

끼이이잉…….

해맑은 얼굴로 협박하는 당아린의 모습에 삼랑이들이 울상을 지었다.

그러나 반항하는 아이는 없었다.

"미호도 한 뿌리."

꼬롱!

"잘 먹네."

아래 깔려 있던 산삼 한 뿌리를 주자 미호가 맛있게 우물거렸다.

억지로 먹는 삼랑이들과는 달리 너무나 맛있게 먹는 미호의 모습에 정마륭이 아빠 미소를 지었다.

"우리 미호는 편식 안 하거든. 뭐든지 잘 먹어."

"그건 참 부럽습니다."

"호호호!"

자식 자랑을 하듯 당아린이 으스댔다.

하지만 그 모습이 이제는 귀엽게 다가왔다.

"더덕도 잘 먹겠습니다. 감사합니다."

"에이, 그런 거 가지고. 너무 고마워하지 마. 민망하니까."

깍듯하게 감사 인사를 해 오는 정마륭을 향해 당아린이 손사래를 쳤다.

이 정도 인사를 받을 정도로 대단한 선물이 아니어서였다.

더덕도 오래 묵기는 했지만 찾아보면 의외로 흔했다.

"그래도 감사한 건 감사한 거니까요."

"저도 기대하겠습니다."

"윤이는 덩치에 맞게 내가 준비할게. 기대해도 좋아."

은근슬쩍 웃으며 입을 여는 탁윤을 향해 당아린이 활짝 웃으며 두꺼운 팔뚝을 두드렸다.

그리고 그들 사이로 묵랑이가 눈치를 살폈다.

혹시나 자신에게도 하수오나 산삼을 먹일까 싶어서였다.

두두두두!

일단의 무리가 비탈길을 가로질렀다.

그런데 다들 상태가 정상이 아니었다.

거의 대부분이 상처 한두 개씩은 가진 상태로 말을 몰고 있었다.

"승천무관까지는 얼마나 남았느냐!"

"두 시진 정도만 더 달리면 됩니다!"

"으음!"

말을 타고 달리던 석비강이 침음을 흘렸다.

왜냐하면 중상을 입은 아들이 과연 두 시진을 버틸 수 있을지 장담할 수 없어서였다.

하지만 서두르라고 할 수가 없는 게, 말이고 사람이고 이미 전력을 다해 뛰고 있는 중이었다.

그중 몇 마리는 입에 게거품을 물고 쓰러졌고 말이다.

"아직까지 추격대는 보이지 않습니다."

어두운 얼굴의 석비강 곁으로 황검이 다가왔다.

한데 그의 몸 상태도 정상이 아니었다.

곳곳에 상처를 입어 피를 흘리고 있었던 것이다.

"보이진 않겠지만 따라오고는 있겠지."

"……그럴 겁니다."

"일단은 최대한 거리가 좁혀지지 않길 바랄 수밖에."

"석풍표국에서도 오고 있을 겁니다."

대화를 하면서도 황검은 연신 주변을 훑었다.

소수 인원으로 추격조를 구성했을 수도 있기에 계속해서 살피는 것이었다.

지금 상황에서는 이동속도가 줄어드는 것도 치명적이었기에 황검은 긴장의 끈을 놓지 않았다.

"석풍표국에서 지원 병력이 오는 것보다 우리가 승천무관에 도착하는 게 빠를 게야."
"……저는 지금도 같은 생각입니다."
"규모는 석풍표국이 훨씬 더 크지. 대부분이 자네와 같은 생각일 거고. 하지만 진짜 고수 앞에서 숫자는 의미가 없어. 자네도 보지 않았나."
"……그랬지요."
황검의 얼굴이 어두워졌다.
석가장에서 홀로 호가대를 도륙하던 무인이 떠올라서였다.
겉모습은 절대 무인처럼 보이지 않았지만 그가 보인 신위는 진짜였다.
누구도 그의 손을 막아 내지 못했다.
'……나도 말이지.'
태상장주인 석비강의 호위 무사이며 석가장 내에서 순수하게 무력만 따지면 세 손가락 안에 들어가는 무인이 바로 그였다.
하지만 그조차도 장한을 막지 못했다.
아니, 혼자서 겨우 이십여 초를 버텼을 뿐이다.
으득!
그때의 기억이 떠오르자 황검은 저절로 주먹이 쥐였다.
분노와 함께 치욕감이 전신을 가득 채웠던 것이다.
하나 그는 호위 무사였다.

석비강을 지켜야 했기에 비참하지만 도망쳐야 했다.

"게다가 현재 장주의 몸 상태를 생각하면 석풍표국까지 갈 수가 없어. 그 전에……."

"의원을 데려오겠습니다."

"마차도 없이 말을 타고 있는 이 상황에서 무엇을 할 수 있겠나?"

"……."

"지금은 최대한 서두를 수밖에 없어."

암습을 당한 석명일이 생사의 기로에 서 있었지만 현재 그가 할 수 있는 건 아무것도 없었다.

의원도 없고 약초도 없는 만큼 지금은 그저 승천무관에 최대한 빨리 도착하는 것만 생각해야 했다.

"방향은 이게 맞느냐?"

"예!"

노구임에도 여느 장정 못지않게 말을 타면서 석비강이 소리쳤다.

그러자 선두에서 한 마리 늑대와 함께 일행을 이끌던 석미룡이 대답했다.

수십 번도 더 가 본 길이니만큼 확신할 수 있어서였다.

"속도를 더 높여라! 시간이 없다!"

"예!"

멀쩡한 사람을 찾기 힘들 정도로 대부분이 크고 작은 상처를 입었으나 누구 하나 불만을 토로하지 않았다.

멈추는 순간 죽음뿐이라는 사실을 잘 알았기에 다들 기를 쓰고 말을 몰았다.

무인들은 악착같이 경신술을 펼쳤고.

하지만 아무리 달려도 황화현으로 보이는 민가는 보이지 않았다.

씨이이잉!

그때 황검의 귓전으로 미세한 파공음이 들려왔다.

익숙한 파공성이 들려왔던 것이다.

콰직!

점점 더 커지는 파공음에 황검이 검을 크게 휘둘렀다.

그러자 날아오던 화살이 뭉개지며 바닥으로 떨어졌다.

"결국 따라잡혔나!"

황검의 손에 박살 나는 화살을 본 석비강이 이를 악물며 소리쳤다.

죽기 살기로 도망쳤음에도 불구하고 결국 꼬리가 잡힌 것 같아서였다.

"먼저 가십시오!"

"황검!"

"금방 뒤따라가겠습니다! 열 명은 나를 따라라!"

기감에 잡히는 숫자가 빠르게 늘어나자 황검이 얼굴을 굳혔다.

무언가를 결심한 표정으로 소리쳤던 것이다.

그런 그를 중심으로 삼십 년 넘게 함께했던 동료들이 모여들었다.

"무슨 짓인가!"

"죽을 생각 없으니 걱정하지 않으셔도 됩니다. 적당히 숫자를 줄인 뒤 다시 합류할 겁니다."

"그렇다면 호가대원들을 더 데려가게!"

"전투를 치르려는 게 아닙니다. 지형을 이용해 최대한 시간을 늦추면서 피해를 주고 물러날 겁니다. 그러니 열 명이면 충분합니다. 만득! 태상장주님을 부탁하네!"

자신 다음으로 강한 유만득에게 석비강을 부탁한 황검이 몸을 돌렸다.

그러고는 미리 봐 둔 장소를 향해 달려갔다.

소수로 길을 막을 법한 곳으로 빠르게 이동했던 것이다.

"다행히 숫자는 그리 많지 않군."

"서른 명 정도인가."

"대신 발이 빨라. 선발대일 가능성이 높아."

지긋한 나이의 동료들이 빠르게 달려오는 적들을 살폈다.

수십 년 동안 쌓아 온 경험이 빛을 발했던 것이다.

하지만 전성기가 한참 전에 지나간 만큼 장기전은 그들에게 불리했다.

"굳이 정면으로 싸울 필요 없어. 우리는 시간만 끌면 돼."

"정확하게는 길을 말이지."

"맞아."

경신술을 펼치면서도 능숙하게 화살을 날리는 적들을 보며 황검이 씨익 웃었다.

평소와 달리 살기가 가득한 미소였다.

그런데 그건 다른 이들도 마찬가지였다.

하나같이 사나운 미소를 머금으며 각자의 병기를 뽑아 들었다.

"노련미가 무엇인지 보여 주자고."

"산속에서 우리보다 많이 싸워 본 이는 몇 없을 거야."

"표국 쪽에나 몇 있을걸."

자신만만한 말과 달리 장년인들의 손과 발은 빠르게 움직였다.

대화하는 지금 이 순간에도 거리가 빠르게 좁혀 들고 있기에 서둘러 주변의 나무들을 무너뜨렸던 것이다.

"이크!"

그 틈을 타 진기를 머금은 화살들이 폭포수처럼 쏟아졌지만 황검을 비롯한 두 명이 검막과 도막을 일으켜 파상 공세를 막아 냈다.

여덟 명이 길목은 물론이고 주변을 헤집어 놓을 시간을 만들어 주었던 것이다.

"마지막까지 발악하는구나!"

"흥! 하지만 소용없는 짓이다!"

"그건 네놈들 생각이고. 여길 넘어오려면 고생깨나 할 거다."

이를 갈며 소리치는 적들을 향해 황검이 새하얀 이를 드러냈다.

그러고는 주변에 박혀 있던 화살들을 뽑기 시작했다.

"물론 그 전에 우리 선물부터 받아야겠지만."

"자, 다시 주인에게 돌아가거라!"

쐐애애액!

활은 없지만 대신 장년인들에게는 충만한 내공이 있었다.

거기다 수십 년 동안 강호를 구른 경험이 있었기에 장년인들은 익숙하게 비수를 던지듯 화살 날렸다.

"피해!"

"칫!"

무시무시한 파공성을 토해 내며 날아오는 화살 비에, 기를 쓰고 달려오던 추격조가 산개했다.

하지만 그중 몇몇은 화살을 피하지 못하고 즉사하거나 중상을 입었다.

"슬슬 빠지자."

"이 정도면 됐어."

"도망칠 공력도 남겨 놔야 하니."

황검이 입을 열었다.

원하는 결과를 충분히 얻었으니 이쯤에서 물러나는 게 좋을 것 같아서였다.

언제 본대가 합류할지 몰랐고 말이다.

게다가 다른 방향에서 추격하고 있을 가능성도 있었기에 황검은 동료들과 함께 슬금슬금 뒤로 물러났다.

“어딜 가려고!”

“이대로 보내 줄 성싶으냐!”

“어어?”

화살을 날리며 뒤로 물러나던 황검의 두 눈이 크게 뜨였다.

부상당한 동료를 집어 던지는 적들의 행동에 당황한 것이었다.

그런데 날아오는 적의 기세가 심상치 않았다.

딱 봐도 거동이 불편해 보였는데 그럼에도 떨어져 내리는 남자의 얼굴에는 살기가 가득했다.

“함께 가자!”

“피해!”

목에서부터 솟구치는 굵은 핏줄이 삽시간에 얼굴을 뒤덮자 황검이 소리쳤다.

본능이 그에게 경종을 울려서였다.

그와 동시에 추락하던 남자의 몸이 폭발했다.

꽈아아앙!

"크아악!"

연이어 터지는 폭발에 휘말린 네 명이 순식간에 피투성이가 되어 바닥을 굴렀다.

호신강기를 펼치기는 했으나 공력이 바닥난 상태라 얼마 유지하지 못했고, 그 결과 비산하는 육편에 고스란히 두들겨 맞을 수밖에 없었다.

"이보게!"

"어, 어서 가게! 나는 이미 글렀어!"

"그게 무슨 말인가!"

"단전이 뚫렸어."

"……!"

황검의 두 눈이 부릅떠졌다.

그런 그의 모습에 친우라 할 수 있는 장년인이 히죽 웃었다.

"일곱 명이 살아서 돌아가면 그래도 남는 장사 아닌가?"

"……마지막까지 농담인가."

"나머지 셋도 비슷한 상태야. 그러니 우리가 남아서 시간을 끌어 주겠네. 이 틈에 얼른 본진에 합류하게."

콰드득!

흙먼지를 뒤집어쓴 채로 황검이 주먹을 그러쥐었다.

하지만 거부하지는 않았다.

장년인의 말이 최선임을 알고 있어서였다.

"……미안하네."

"먼저 가서 기다리고 있겠네. 그러니 천천히 오게나."

장년인의 마지막 모습을 눈에 담은 후 황검이 몸을 돌렸다.

그러고는 여섯 명과 함께 땅을 박찼다.

"미안하지만 늙은이들이 갈 곳은 위에밖에 없어."

"우리를 이런 꼴로 만들어 놓고 내빼겠다고? 그렇게 놔둘 순 없지!"

"큭!"

황검과 함께 달려가던 동료들 중 셋이 고꾸라졌다.

뒤에서 날아오는 화살에 다리가 꿰뚫려 쓰러진 것이었다.

"가!"

"우린 놔두고 가!"

"안 그래도 마음이 찝찝했는데 잘됐어!"

엎어진 동료들이 버럭 소리를 질렀다.

자신들을 도와주려다가 전부 다 죽을 수도 있기에 넷만이라도 빠져나가기를 바랐던 것이다.

어차피 죽을 각오로 처음부터 남기도 했고 말이다.

"얼른 가라니까!"

"우리를 생각하면 그냥 가! 태상장주님을 생각해!"

"크으윽!"

뒤돌아서던 황검이 다시 땅을 박찼다.

무인이지만 그는 호위 무사였다.

그렇기에 황검은 이를 악물고서 몸을 날렸다.

"더 이상은 못 간다!"

"같이 죽자꾸나!"

채채챙!

황검의 귓전으로 동료들의 노성과 금속음이 들려왔다.

마지막 불꽃을 불태우는 듯한 목소리가 들렸던 것이다.

하지만 그렇기에 황검은 멈출 수 없었다.

"잡아라!"

"놓치지 마!"

동료들의 처절한 사투에도 번 시간은 얼마 되지 않았다.

지치기도 했거니와 거동이 힘들 정도의 부상을 입은 상태였기에 오랜 시간을 붙잡아 두지 못했던 것이다.

"흐읍!"

빠르게 좁혀지는 간격을 느끼며 황검은 이를 악물었다.

머리로는 어떻게 떨쳐 내야 할지 고민하면서 말이다.

'아예 다른 곳으로 끌고 가는 것도…….'

황검이 미간을 좁혔다.

적당한 간격을 유지하며 추격조를 유인하는 것도 나쁘지만은 않을 것 같아서였다.

그와 동료들은 위험하겠지만 반대로 본진 쪽은 조금이나마 여유를 가질 수 있을 터였다.

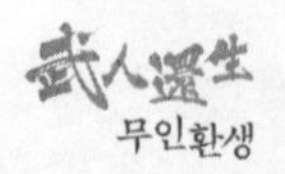

스슥!

셋밖에 남지 않은 동료들도 같은 생각을 했는지 그와 똑같은 눈빛을 하고 있었다.

"진호야!"

두두두두!

다급한 석미룡의 목소리와 함께 쉬지 않고 달려온 석가장의 사람들이 연무장에 들이닥쳤다.

하나같이 크고 작은 상처를 가진 모습이었는데 그들을 이끌고 온 석미룡은 도착하자마자 석진호부터 찾았다.

"설명은 나중에 듣지. 부상자가 많은 거 같은데."

"아버지가, 아버지가 위독하셔!"

"알겠으니까 진정하고 일단 모셔 와."

지친 기색이 완연했음에도 석미룡은 부친부터 챙겼다.

그녀 역시 다치긴 했으나 자잘한 찰과상을 입은 게 전부였다.

하지만 석명일은 지금 당장 죽어도 이상하지 않은 상태였다.

그래서 그녀는 황급히 정신을 잃은 석명일을 옮겼다.

"의원? 의원을 빨리 데려와야 해!"

"의원은 아니지만 의술이 뛰어난 사람이 두 명이나 있으니 걱정하지 마."

안절부절못하는 석미룡을 달래며 석진호가 눈짓했다.

그러자 피투성이인 호가대원 두 명이 서둘러 석진호를 따라 건물 안으로 들어갔다.

"아! 그리고 공격에 대비해야 해! 추격대가 곧 도착할 거야!"

"걱정하지 말고 좀 쉬고 있어. 마룡이는 하린이 좀 불러 주고."

"알겠습니다!"

정마룡이 황급히 식당으로 뛰어갔다.

구가검문의 습격 이후 당하린은 늘 소하정과 함께 있었기에 지금도 식당에 있을 가능성이 컸다.

어쩌면 소하정과 함께 연무장으로 오고 있을지도 몰랐고 말이다.

"태상장주님도 쉬고 계십시오."

"……고맙구나."

"별말씀을."

아무것도 묻지 않고 쉬라는 말에 석비강이 안도의 한숨을 내쉬었다.

석진호의 말을 들으니 이상하게 안심이 되었던 것이다.

그리고 그건 함께 온 이들도 마찬가지인 듯 여기저기에 널

브러졌다.

"붕대랑 금창약 가져와! 마실 물도!"

"예!"

긴장이 풀려 주저앉는 호가대원들을 보며 탁윤이 지시를 내렸다.

다들 크고 작은 상처를 입은 상태이기에 우선은 치료부터 해야 할 것 같아서였다.

이윽고 훈련을 멈춘 관도들이 빠르게 필요한 물품들을 가져오기 시작했다.

깔끔하게 정돈된 침상에 창백한 안색의 석명일이 누워 있었다.

그리고 그 옆에서 당하린이 석명일의 몸 곳곳을 살펴보며 진맥했다.

"어때?"

"조금만 늦어도 큰일 날 뻔했어요. 출혈도 심했지만 말을 타고 이동해서 상처가 벌어졌어요. 근데……."

상처 부위를 소독한 후 붕대를 감으며 당하린이 말끝을 흐렸다.

다행히 위기는 넘겼지만 한 가지 의혹이 남아서였다.

"다른 문제가 있어?"

"그런 게 아니라 좀 이상한 점이 있어서요."

"독을 안 쓴 게?"

"칼을 찌른 곳이 너무 절묘해요."

시체처럼 미동도 없는 석명일을 내려다보며 당하린이 말했다.

아무리 생각해도 한 가지 결론밖에는 나오지 않아서였다.

"어떤 점이?"

"단번에 죽일 수도 있는데 그렇게 하지 않았어요. 심장은 아니더라도 내장을 끊었다면 여기까지 오시지 못했을 텐데 절묘하게 내장을 비껴 찔렀어요."

"일부러 적당히 살려 두었다?"

"제 생각에는요. 운 좋게 기습이 실패한 것일 수도 있고요."

당하린은 모든 가능성을 열어 두었다.

자초지종을 들은 게 아니었기에 당하린은 섣부르게 결론을 내지 않았다.

정말 천운이 닿은 걸 수도 있어서였다.

"들어가마."

그때 문이 열리며 석비강과 석미룡이 모습을 드러냈다.

초췌하기는 해도 씻고 옷도 갈아입은 모습이었다.

물론 그래도 여전히 얼굴에는 피로가 덕지덕지 붙어 있었지만.

"아버지는 어떠셔?"

"위기는 넘겼어. 그래도 안심할 정도는 아니고 경과를 계속 지켜봐야 해. 일단은 깨어나야 뭐라도 할 수 있으니까."

"다행이다."

시체처럼 창백한 안색은 여전했지만 그래도 호흡은 승천무관에 막 도착했을 때보다 확연히 나아져 있었다.

그렇기에 석미룡은 안도의 한숨을 내쉬었다.

"어떻게 된 거야?"

"……역천마궁의 마수가 본장에도 닿았어."

"대비는 하고 있다고 들었는데."

"맞아. 근데 배신자가 있으니 아무 소용 없더라."

석미룡이 이를 갈았다.

생각하는 것만으로도 분노가 치솟았던 것이다.

"배신자?"

"응. 석만호 새끼가 아버지의 등에 칼을 꽂았어."

"내가 아는 그 석만호?"

"어."

석진호가 의외라는 표정을 지었다.

그가 알고 있는 석만호는 그 정도로 배짱이 있는 녀석이 아니어서였다.

하지만 이내 석진호는 고개를 주억거렸다.

이 년이 넘는 세월이 지난 만큼 석만호도 예전과는 다를 수 있었다.

"그놈만 아니었어도 이렇게 도망치지는 않았을 거야."

"본장은 그럼 석만호 손에 들어가 있는 건가?"

"그렇긴 한데, 할 수 있는 건 별로 없을 거야. 아직 아버지가 살아 계시니까. 할아버지도 계시고. 아마 이곳으로 오고 있을 거야. 역천마궁의 병력과."

"전력은 어느 정도야?"

"우리도 도망치느라 제대로 보지는 못했어. 근데 한 명이 엄청 강해. 역천마궁주의 열두 제자 중 한 명이라는데, 황 아저씨도 얼마 버티지 못하셨어."

석미룡이 자기도 모르게 마른침을 삼켰다.

그 정도로 속절없이 밀리는 황검의 모습은 충격적이었다.

동시에 옆에 가만히 서 있던 석비강의 얼굴 역시 어두워졌다.

복귀한다고 약속했던 황검이 아직도 돌아오지 않아서였다.

'설마 미끼가 된 건가.'

석비강이 입술을 깨물었다.

시간이 흐를수록 한 가지 가정밖에는 떠오르지 않아서였다.

그리고 그가 아는 황검이라면 충분히 그러고도 남았고.

만약 그게 아니라면 열 명 중 최소 한 명은 합류했어야 했다.

"열두 제자라. 거물이 왔네?"

"석가장이니까. 충분히 그럴 수 있지."

"어쨌든 알았어. 장주님은 걱정하지 말고 쉬어. 응급처치는 했으니까. 혹시 몰라 의원도 불렀으니까 피로 좀 풀고 있어. 여기까지 오느라 고생했을 텐데."

"……갑자기 찾아와서 미안해. 근데 너밖에 떠오르는 사람이 없었어. 석풍표국도 확실하게 믿기 힘들었고."

석미룡이 눈을 내리깔았다.

어떻게 보면 석가장에서 시작된 화를 승천무관으로 가져온 것이나 다름없어서였다.

하지만 그녀에게는 다른 선택지가 없었다.

서자라고 하나 형제인 석만호가 배신한 마당에 석풍표국이라고 믿을 수는 없어서였다.

"괜찮으니까 일단 쉬어. 그런 걸로 기분 상할 정도로 속이 좁지는 않으니까."

"고마워."

"지금이 아니면 쉬지 못할 수도 있어. 그러니 쉴 수 있을 때 푹 쉬어 둬. 태상장주님도요."

석진호의 시선이 석비강에게로 향했다.

나이가 나이인지라 석비강의 안색 역시 상당히 나빴다.

하지만 수장인 석명일이 인사불성이었기에 그로서는 어떻게든 일행을 이끌어야 했었다.

"조력을 받을 수 있는 모든 곳들에 연락을 하마. 당장 올 수 있는 전력은 얼마 안 되겠지만 그래도 없는 것보다는 나을 것이다."

"석풍표국에서 오는 중이라고 연락을 받았습니다. 그 정도면 충분합니다."

"네가 생각하는 것보다 숫자가 훨씬 많을 수도 있다. 또한 폭사공도 감안해야 해."

어찌 보면 자존심을 건드는 말일 수도 있으나 그럼에도 한 번은 확실하게 짚고 넘어가야 했다.

자신감은 좋지만 그게 자만으로 바뀌는 순간 치명적인 독이 된다.

석비강은 바로 그 점을 염려했다.

"폭사공은 겪어 봤습니다. 그리고 석풍표국보다 여기가 안전하다 생각하기에 찾아오신 거 아닙니까? 걱정은 이해가 되지만, 우선은 푹 쉬십시오. 어쩌면 오늘 밤은 길지도 모르니."

"……알았다."

손자이지만 석진호는 여기 승천무관의 주인이었다.

또한 천룡검이라 불리는 이름 높은 무인이었다.

비공식적으로는 하북제일도라 불리는 팽진극을 일대일로 제압하기도 했고.

더구나 그는 조부이긴 하나 석진호에게 이래라저래라 할 수 있는 처지가 아니었기에 순순히 배정받은 숙소로 향했다.

"끝내 안 묻네?"

"별로 궁금하지 않아서. 그리고 차차 알게 되겠지. 일단 쉬어."

정마룡의 안내에 따라 방을 나서는 석비강을 일별하며 석미룡이 조심스럽게 물었다.

하지만 석진호는 단호했다.

두 사람이 보이지 않는 데에는 그만한 이유가 있다고 생각해서였다.

"정말 고마워. 아무것도 묻지 않고 받아 줘서."

"나간다고 하면 나갈 거야?"

"네가 나가라면 나가야지. 별수 있나."

"했던 말 또 하게 만들지 말고 쉬어."

"알았어. 갈게."

석비강에게 방을 안내해 준 정마룡이 금세 되돌아오자 석미룡도 이내 방을 나갔다.

그러자 방 안에는 죽은 듯이 기절해 있는 석명일과 석진호, 당하린만 남게 되었다.

"형산에서의 전투가 끝난 지 얼마 되지 않았는데 벌써 하북성까지 여파가 왔네요."

"그만큼 계획적이라는 뜻이겠지. 오래 준비했다는 소리이기도 하고."

"……괜찮으시죠?"

겉으로 보기에는 평소와 다른 게 없었지만 그래도 부친이고 형제였다.

석가장에서 보낸 시간이 살아온 삶의 대부분이기도 했고.

그래서 당하린은 조금 걱정스러운 눈빛으로 석진호의 표정을 찬찬히 살폈다.

"아무렇지도 않으니까 신경 안 써도 돼. 무림 세가에 흥망성쇠가 있는 것처럼 중원 상가에도 흥망성쇠가 있는 거니까. 위기는 늘 찾아오는 것이고, 그 위기를 이겨 내고 견뎌 내야 더 높은 곳에 갈 수 있는 건 피차 마찬가지야."

제57장 욕심의 끝

“도와주실 생각이군요.”

“도와준다기보다는, 적들이 알아서 찾아온다는 게 맞겠지. 내가 먼저 도발을 한 적은 없으니까.”

석진호는 분명하게 선을 그었다.

엄밀히 말해 도움을 주는 건 아니었다.

그저 부나방처럼 적들이 죽을 자리를 찾아오는 것뿐.

다만 그게 석가장 입장에서는 도움이 되는 것뿐이었다.

그리고 세상에 공짜는 없었다.

도움이 되었다면 그 이상을 받아 낼 생각이었다.

“오라버니의 말을 들으니 또 그러네요. 오라버니께서 먼저 나서서 도와준 적은 거의 없으니까요. 대부분 먼저 시비를 걸거나, 쳐들어왔지."

"그로 인해 이득을 챙기는 건 각자의 역량이지."

"맞아요."

당하린이 곱게 미소를 지었다.

사천당가가, 아니 정확하게는 그녀가 승천무관에 남아 있는 것도 어떻게 보면 저 말과 일맥상통해서였다.

"곧 의원이 올 테니 너도 좀 쉬고 있어. 말했다시피 오늘이나 내일은 좀 시끄러울 것 같으니까."

"객잔주님은 걱정하지 마세요. 저와 아린이가 항시 곁에 있을게요."

"흑휘도 있을 거야."

"든든하네요."

당아린도 엄연히 절정 고수였지만 아직 흑휘에 비할 바는 아니었다.

무서운 속도로 성장한 흑휘는 당하린도 만만하게 볼 수 없었다.

하지만 말과 달리 그녀는 조금도 긴장한 기색이 아니었다.

역천마궁주의 제자 중 한 명이 온다고 하나 석진호를 위협할 정도라고는 생각되지 않았다.

"이상한 낌새가 보이면 바로 나에게 오고."

"네."

석명일에게는 시선 한번 주지 않고서 석진호는 당하린과

함께 방을 나섰다.

잠시 후 고른 호흡 소리만 방에 울려 퍼졌다.

❖

어둑어둑해지는 저녁에 삼백여 명의 무리가 황화현을 찾았다.

정확하게는 승천무관을 향해 이동했던 것이다.

그런데 무리 안에 있던 세 명의 꼴이 말이 아니었다.

심한 폭력을 당했는지 머리는 산발에 얼굴은 피투성이인 채로 포승줄에 묶여 질질 끌려가고 있었다.

“며칠 안 되긴 했지만 어때, 밑바닥 삶을 경험해 본 게?”

“절대 네놈을 가만두지 않을 것이다!”

“아직도 자신이 석가장의 일공자인 줄 아나 보네. 둘째처럼 잠자코 있으면 지금처럼 얻어터지지는 않았을 텐데.”

“네 이놈!”

피골이 상접한 모습임에도 석진룡의 목소리에는 힘이 실려 있었다.

석가장의 일공자로서 아직 기가 꺾이지 않았던 것이다.

그 모습에 선두에서 말을 타고 가던 석만호가 방긋 웃었다.

퍼억!

하지만 그의 손바닥은 시원스럽게 석진룡의 뺨을 후려쳤다.

예전이었다면 감히 상상조차 하지 못했을 일을 그는 아무렇지 않게 자행했던 것이다.

"끄윽!"

거친 싸대기에 석진룡이 이를 악물었다.

비록 이 모양 이 꼴이 되었지만 그의 자존심은 여전했다.

어떻게든 신음 소리를 내지 않겠다는 듯이 꿋꿋하게 참아냈던 것이다.

"그래도 일공자는 일공자라는 건가."

"이 몸은 대공자다! 석가장의 후계자인!"

"옆에 있는 이공자는 그렇게 생각 안 하는 것 같은데."

석만호의 시선이 얌전히 있는 석기룡에게로 향했다.

하나 그의 말에도 석기룡은 아무런 반응을 보이지 않았다.

그저 고개를 숙인 채로 가만히 있었다.

으드득!

"너무 나대지 마. 지금은 안 죽이지만 나중에도 안 그런다는 건 아니니까. 당신도 알 거 아냐? 쓸모가 없어진 도구가 어떻게 되는지. 당신이 가장 잘하던 것 중에 하나였잖아?"

끝까지 눈을 부라리는 석진룡을 쳐다보며 석만호가 키득거렸다.

한때는 그 역시 석진룡의 도구 중 하나였기에 지금 이 순간이 그렇게 통쾌할 수가 없었다.

"너무 험하게 다루지 마라. 석가장주를 협박할 가장 강력한 패 중 하나인데 망가지면 안 된다."

"알겠습니다."

광인인 양 키득거리던 석만호가 이내 몸가짐을 바로 했다.

지금 그의 자리를 만들어 준 것이 바로 옆에 있는 장대한 체구의 장년인이었다.

그렇기에 석만호는 기합이 바짝 들어간 목소리로 다시 전방을 바라봤다.

"석가장의 진짜 재산을 차지하기 위해서는 장주의 인장이 필요하다고?"

"예. 반지 모양의 인장입니다. 늘 석가장주의 왼손 중지에 끼워져 있습니다."

"흐음."

"강제로 비밀 창고를 여는 순간 폭파된다고 들었습니다. 산 하나가 무너지는 만큼, 비밀 창고 전체가 매몰된다고 보시면 됩니다."

"시간이 오래 걸리겠군."

장년인이 입맛을 다셨다.

말만 들어도 엄청난 시간과 인력이 소모될 것 같아서였다.

하지만 그렇기에 그는 욕심이 생겼다.

다른 곳도 아니고 석가장이 수백 년 동안 축적한 재화가 전부 모여 있을 터였다.

세상의 온갖 진귀한 것들이 말이다.

때문에 그는 절대 석가장의 비밀 창고를 포기할 수 없었다.

'결국 남는 건 돈이다. 세상을 움직이는 것도 돈이고. 전쟁 또한 돈이 있어야 가능하지.'

장년인의 눈이 번뜩였다.

열두 제자 중 막내인 그는 무공도 무공이지만 금력이 반드시 필요하다고 생각했다.

절대자도 굶으면 결국엔 죽는다.

그리고 무공만으로는 다른 제자들을 모두 제칠 자신이 없었다.

하지만 쉽게 밀리지도 않았기에 그는 금력이라는 또 다른 힘을 손에 넣고자 했다.

'최고는 될 수 없겠지만 그래도 석가장을 손에 쥐면 세 번째나 네 번째 서열까지는 올라갈 수 있다. 줄만 잘 서면 일인지하 만인지상(一人之下 萬人之上)의 자리도 가능할 테고.'

그를 제외한 열한 명이 바라는 건 똑같았다.

사부인 역천마궁주의 자리.

하나 그는 아니었다.

욕심은 있되 자기 주제를 잘 알았다.

그래서 열한 명이 구대문파, 오대세가로 갈 때 홀로 석가장을 찾았다.

'운 좋게 횡재를 할 수도 있고 말이지.'

구파일방이나 오대세가만큼이나 오랜 세월 중원 상계를 지배해 온 가문이 석가장이었다.

그런 석가장이 고르고 고른 물건들만이 비밀 창고에 있을 테니 생각지도 못한 보물이 있을지도 몰랐다.

어쩌면 사부가 그토록 찾고 있는 단초가 될 무공 비급 같은 거 말이다.

'아니면 석가장이 알아보지 못한 광세 절학이 묵혀 있을 수도 있지.'

부르르르!

상상하는 것만으로도 몸이 떨렸다.

크게 욕심을 내지는 않지만 그렇다고 기회가 왔는데 버릴 생각도 없었다.

만약 과거 천하제일인의 무공을 얻는다면, 그리고 해결책을 찾는다면 그 역시 권좌에 도전할 생각은 있었다.

'전부 다 잡아먹고 말이지.'

장년인의 눈이 희번덕였다.

다른 제자들은 물론이고 역천마궁주마저 잡아먹는다면 그는 천하제일인을 넘어 고금제일인이 될 수 있을지도 몰랐다.

한 시대가 아닌 무림의 역사로서 존재하게 되는 것이다.

저 대단한 천마나 장삼봉처럼 말이다.

"도착했습니다, 어르신. 저곳이 바로 승천무관입니다."

"기다리고 있었던 모양이야."

"그런다고 한들 달라지는 것은 없지만 말이지요."

담벼락 곳곳에서 어둠을 밝히는 횃불을 보며 석만호가 의미심장하게 웃었다.

석진호가 자신들이 오는 걸 알고 있는 것처럼 그 역시 승천무관의 전력에 대해 이미 파악하고 있었다.

석가장을 확실하게 휘어잡은 건 아니지만 장원을 차지하면서 그가 사용할 수 있는 것들이 상당히 많았다.

덕분에 그는 승천무관의 현재 상황에 대해서 속속들이 알고 있었다.

끼이익!

대문이 열리며 석진호와 석비강, 석명일, 석미룡이 모습을 드러냈다.

그 뒤로 석가장에서부터 함께한 호가대원들이 따라 나왔는데 표정들이 하나같이 결연했다.

목숨을 바쳐서라도 복수하겠다는 기색이 완연했던 것이다.

"역시 살아 계셨군요, 아버지."

"나는 네놈 같은 아들을 둔 적 없다!"

"큭큭! 서자도 아들이라고 하셨잖습니까. 물론 저는 그 말을 듣지 못했습니다만."

비열한 미소를 머금으며 석만호가 석진호를 힐끔 쳐다봤다.

방금 전 그 말은 석명일이 석진호에게 한 말이었기 때문이다.

하지만 그런 그의 말에도 석진호의 표정은 무덤덤했다.

죽다 살아난 그때처럼 말이다.

"어떤 아들이 아비에게 칼을 꽂는단 말이냐!"

"그러니까 잘 좀 챙겨 주시지 그랬습니까. 정실 자식들만 승계권이 있다니, 그건 너무 심하지 않습니까. 크게 보면 전부 다 똑같은 자식인데."

끝까지 이죽거리는 석만호의 모습에 석미룡에게 부축을 받아 서 있던 석명일이 얼굴을 잔뜩 일그러뜨렸다.

들을수록 열불이 뻗쳐서였다.

"네놈 같은 녀석들 때문에 그런 가규가 생긴 것이다!"

"혈색도 안 좋으신 분이 목청은 여전하시군요. 좀 더 깊게 찌를 걸 그랬나."

"이노옴!"

"괜찮다고 너무 소리를 지르면 상처 부위가 벌어질지 모릅니다. 그럼 내장이 흘러나올지도 모르니 조금 고정하시지요."

"쿨럭!"

석만호의 말이 끝나기 무섭게 석명일이 기침을 했다.

그런데 그의 모습이 심상치 않았다.

마치 피를 토할 것처럼 격렬하게 기침을 했던 것이다.

"할아버지께서도 건재하신 모습을 보니 손자로서 마음이 조금 놓이네요. 사실 걱정을 조금 했었는데. 아, 태상장주님이라 부르라고 하셨죠? 저희 같은 별 볼 일 없는 서자들은 손자도 아니니까."

"……꼭 이렇게까지 해야 했느냐?"

"예. 능력도 없는 것들이 단지 정실 혈통이라는 이유로 승계권을 가진다는 게 저는 납득이 되지 않았습니다. 능력도 노력도 아니고, 단순히 혈통 하나만으로 그렇게 차별하는 게요."

석만호가 부르짖었다.

그동안 가슴속에 꾹꾹 눌러두기만 했던 울분을 모조리 토해 내듯이 말이다.

하지만 그런 그의 말에도 석비강이나 석명일의 표정은 변함이 없었다.

이해가 안 가는 건 아니었지만 방법이 잘못되어도 너무 잘못되었다.

"물론 인정하기 싫으시겠죠. 두 분 역시 적자 출신이시니, 어찌 서자 출신들의 비애를 아시겠습니까. 아마 두 분보다는 진호가 훨씬 더 잘 알 겁니다."

흠칫!

석진호를 끌어들이는 말에 두 사람이 움찔거렸다.

무슨 의도로 저런 말을 한 것인지 둘은 단박에 파악했던 것이다.

그리고 마찬가지로 눈치를 챈 석미룡이 자기도 모르게 석진호를 힐끔거렸다.

"절이 싫으면 중이 떠나야지."

"바꿀 수도 있잖아."

"그것도 한 가지 방법이기는 하지."

"우리는 대화가 잘 통할 것 같은데."

석만호가 석진호를 쳐다보며 의미심장하게 웃었다.

같은 서출인 만큼 많은 부분에서 동질감을 느낄 게 분명해서였다.

"지금이라도 늦지 않았다. 우리 함께 석가장을 바꾸자. 쓸데없는 관습에 연연하는 석가장을 완전히 뒤집어 버리자고. 적자, 서자 차별 없이 오로지 능력과 재능만으로 장주가 되는 새로운 석가장을 말이야!"

자아도취에 빠진 듯 석만호가 붉어진 얼굴로 소리쳤다.

마치 자신만이 그렇게 할 수 있다고 생각하는 모양이었다.

또한 역천마궁의 힘을 자신의 힘인 양 생각하는 듯했다.

스스스슥!

그런데 석만호의 무리 뒤로 수많은 사람들이 모여들었다.

가지각색의 옷차림을 한 사람들이 힘을 보태겠다는 듯이

합류했던 것이다.

"착각하지 마라! 네놈은 절대 석가장주가 될 수 없다! 그 누구도 너를 따르지 않을 테니까!"

"그건 아버지 생각이시고. 상인은 돈만 보지 않습니까. 결국 저를 인정할 수밖에 없습니다. 석가장의 주인은 저니까."

노성을 지르는 석명일을 향해 석만호가 히죽 웃었다.

저렇게 분노한다는 것 자체가 그의 유리함을 말해 주는 것이었기에 그는 기분이 너무나 좋았다.

처음으로 우월감을 만끽할 수 있어서였다.

"허수아비 장주일 뿐이다!"

"그럴지도 모르죠. 근데 중요한 건 서출 출신으로 빌빌대고 사는 것보다는, 허수아비일망정 석가장주로 살아가는 게 훨씬 더 낫지 않겠습니까."

으드득!

석명일이 이를 악물었다.

하지만 석만호는 석명일이 그러거나 말거나 여전히 재수 없는 미소를 머금은 채로 말을 이었다.

"그러니 이제 그만 인장을 내놓으시지요. 지금 넘기신다면 더 이상 쫓지는 않겠습니다. 또한 인질 세 분 역시 바로 보내 드리지요."

따악!

석만호가 비릿하게 웃으며 손가락을 튕겼다.

그러자 변심한 호가대원 중 한 명이 포승줄에 묶여 있는 세 명을 끌고 나왔다.

"자, 자네!"

거지꼴을 하고 있었으나 세 명이 누구인지 알아보는 건 어렵지 않았다.

그중 석비강의 반응이 가장 격렬했다.

죽었을 거라 생각했던 황검이 피투성이 모습으로 걸어 나오자 석비강이 달려 나갈 것처럼 몸을 움찔거렸다.

하지만 뒤에서 붙잡은 손으로 인해 석비강은 정신을 차렸다.

"단숨에 알아보시니 굳이 설명할 필요는 없겠군요. 상태가 상태이다 보니 못 알아보진 않을까 내심 걱정했었는데."

"……."

죽일 듯이 노려보는 세 사람의 눈빛에도 석만호는 능글맞게 웃었다.

성격이 이상해진 건지, 저런 눈빛을 받으면 기분이 나빠지기보다는 너무나 좋았다.

그래서 석만호는 더욱더 느물거리는 태도로 말을 이었다.

"제가 왜 이 셋을 데려왔는지 아버지도 아시겠죠? 아, 석가장주님이라고 말씀드릴까요? 곧 전대 석가장주가 되시겠지만 그래도 아직은 석가장주이시니까요."

"이……! 이……!"

"아버지!"

씹어 먹을 기세로 눈을 부라리며 앞으로 달려 나가려 하는 석명일을 석미룡이 황급히 말렸다.

이번에는 석만호의 도발에 제대로 넘어간 것 같아서였다.

"제 요구 조건은 간단합니다. 인장을 주시면 셋을 무사히 넘겨 드리겠습니다. 자잘한 상처가 있긴 하지만 아직은 멀쩡합니다. 어디 하나 부러진 곳도 없고요."

"내가 줄 것 같으냐!"

"그럼 장남과 차남이 죽을 텐데요. 석가의 대는 오로지 적자만 이을 수 있지 않습니까. 석가장의 역사를 아버지 대에서 끊으실 생각입니까?"

"네놈에게 인장을 줄 바에야 차라리 대가 끊어지는 게 낫다!"

"역시 좋게 얘기해서는 안 되는 모양입니다."

석만호가 진심으로 아쉽다는 표정을 지었다.

자신도 이렇게까지는 하기 싫다는 듯이 말이다.

이윽고 그의 손이 번개같이 휘둘렸다.

"끄아악!"

벼락같은 일 검에 석기룡의 왼팔이 날아갔다.

오는 내내 반항했던 석진룡이 아닌, 조용히 있던 석기룡의 팔을 잘라 버렸던 것이다.

그러자 석기룡이 해쓱해진 얼굴로 석만호를 쳐다봤다.

마치 왜 자신의 팔을 잘랐냐고 묻는 듯이 말이다.

"시작은 둘째 형입니다. 마음 같아서는 장유유서라고 큰형부터 자르려고 했는데 생각해 보니 늘 첫째라고 특별 대우를 받았을 거 아닙니까? 그러니 이번에는 둘째부터 하는 것도 나쁘지 않을 것 같아서요."

"끄으으윽!"

"아아, 지혈 좀 해 줘. 아직 죽으면 안 되니까. 아직은 쓸모가 있다고."

"예."

아직이라는 두 글자를 석만호는 유독 강조했다.

그러자 석진룡의 동공이 흔들렸다.

"다음은 큰형입니다."

"흡정마공을 익힌 모양이군."

이 년 전과는 확연히 달라진 실력에 석진호의 눈동자에 이채가 서렸다.

짧은 시간은 아니지만 그래도 너무 많이 달라져서였다.

"이런 엄청난 무공을 준다는데 안 받을 이유는 없잖아?"

"엄청나긴 하지. 근데 치명적인 결함이 있는 건 알고 있나?"

"결함?"

"지금까지 흡정마공을 익힌 자는 의외로 많아. 하지만 대성한 자는 없지. 또한 어떻게 죽었는지에 대해서도 알려진 게 전혀 없지. 그저 금공으로 정해 두기만 했지. 왜 그랬을까?"

석만호는 물론이고 함께 온 호가대원들과 역천마궁도들이 순간 몸을 떨었다.

왠지 모르게 불길한 느낌이 들어서였다.

그중 딱 한 명.

장년인만이 흥미롭다는 눈빛으로 석진호를 주시했다.

"두려웠을 테니까. 너무나 위협적인 마공이라 어떻게든 숨기려고 한 것일 테지. 흡정마공을 익힌 마인이 나오면 천하의 패권이 바뀔 테니."

"흡정마공을 전수해 준 자가 그리 말하더냐?"

"……따로 알고 있는 게 있나?"

너무나 자신만만한 석진호의 표정에 석만호의 동공이 일순 흔들렸다.

낌새가 무언가를 확실하게 알고 있는 듯해서였다.

"너도 알고 있을 테지. 점창파는 물론이고 형산파의 장경각을 역천마궁이 죄다 털어 간 걸 말이다. 대체 왜 그랬을까? 네 말마따나 그 대단한 흡정마공을 익히고 있는데 왜 굳이 무공서를 수집할까?"

꿀꺽!

석만호의 떨림이 점차 커졌다.

그리고 그 동요는 다른 이들에게 순식간에 퍼졌다.

꾸며낸 말이 아닌, 가정이 아닌 있는 그대로의 사실만을 말했기에 더욱 크게 다가왔던 것이다.

'저놈은 반드시 죽여야겠군.'

한편 조용히 대화를 듣고 있던 장년인이 두 눈을 번뜩였다.

아직은 밝혀져선 안 되는 비밀을 알고 있는 듯해서였다.

"그럴 리 없다! 흡정마공은 완벽한 무공이다! 다만 지금까지의 무공과 궤를 달리하는 것뿐!"

"그렇게 믿고 싶다면야."

"이제 그만 결정을 내리시지요! 인장을 내놓으실 건지, 아니면 아들들을 모두 다 죽일 건지!"

서걱!

이번에는 석진룡의 오른팔이 바닥으로 떨어졌다.

독기가 바짝 오른 석만호가 서슴없이 석진룡의 팔을 베어버린 것이었다.

"끄아아악!"

생각지도 못한 순간에 파고든 일격에 석진룡이 체면도 잊고 비명을 질렀다.

갑작스럽기도 했지만 고통이 상상을 초월해서였다.

특히 바닥에서 펄떡거리는 자신의 팔을 직접 보는 건 생각보다 정신적인 충격이 컸다.

"아들은 다시 낳으면 된다."

"역시 자식들마저 도구일 뿐입니까. 좋습니다! 그럼 저 역시 망설이지 않겠습니다."

폭!

석만호의 두 눈에 광기가 떠올랐다.

동시에 석기룡의 고개가 꺾였다.

심장을 파고드는 검에 짧은 신음과 함께 즉사한 것이었다.

"당신입니다, 안 죽을 수도 있었던 둘째 형을 죽인 건."

스으윽.

단숨에 석기룡을 찌른 것과 달리 석만호는 검을 느릿하게 움직였다.

하나의 패를 과감하게 사용한 이상 남은 패는 하나뿐이었다.

황검이 남아 있다고 하나 석명일에게는 아무래도 아들만큼의 무게감은 없었다.

그러니 지금이 승부처였다.

'석기룡이 죽었으니 더 이상은 좀 전처럼 뻗대지 못하겠지.'

아들을 또 낳으면 된다고 하지만 그건 말 그대로 가능성일 뿐이었다.

이른 나이에 혼례를 올렸다고 하나 어느새 석명일의 나이는 지천명에 가까웠다.

거기다 중상까지 입은 상태이니 회복하고 아이를 가지려고 노력한다 한들 아들을 낳을 확률은 그리 높지 않았다.

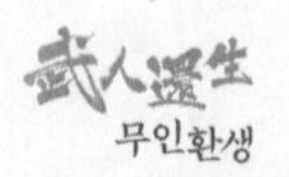

그러니 석진룡만은 포기하지 못할 거라고 석만호는 생각했다.
"이제 장남 하나 남았습니다, 아버지."
"죽여라."
"……정말요?"
"왜? 패를 잃을까 겁나느냐?"
창백한 안색의 석명일이 비릿하게 웃었다.
마치 그의 속내를 훤히 보고 있다는 듯이 말이다.
그 모습에 석만호가 입술을 깨물었다.
"마지막까지 매정하시군요."
"방금 전과 말이 달라졌구나. 좀 전에는 단칼에 죽일 것처럼 협박하더니."
으드득!
석만호의 동공이 흔들렸다.
그가 예상한 상황은 이게 아니어서였다.
아닌 척했지만 석만호는 석명일이 결국에는 굴복할 수밖에 없을 거라고 생각했다.
하지만 결과는 예상과 달랐다.
"네놈에게 인장을 주느니 차라리 없애 버리는 게 낫다."
"그렇다면."
흔들리던 석만호의 동공이 멎었다.
그리고 그 순간 석진룡의 호흡 역시 멎었다.

더는 망설이지 않고 석진룡의 심장에 칼을 찔러 넣은 것이었다.

"어쩔 수 없이 힘으로 빼앗아야겠군요. 그래도 아버지라 목숨만은 살려 드리려고 했는데."

"흥!"

석명일은 코웃음을 쳤다.

그럴 생각이 눈곱만큼도 없다는 걸 너무나 잘 알아서였다.

"지금부터의 결과는 전부 다 아버지께서 초래하신 겁니다."

처처척!

석만호의 말에 석명일 뒤에 시립해 있던 호가대원들이 일제히 병장기를 뽑아 들었다.

죽음을 각오한 눈빛으로 전의를 불태웠던 것이다.

한편 석진호는 그때 북궁혁의 전음을 듣고 있었다.

-이번에도 성동격서는 아닌 모양이다. 둘러봤는데 다른 병력은 없다.

-자신감인가.

-아무래도 그런 듯싶은데. 일단 수적 차이가 압도적이니까.

정찰을 마친 북궁혁이 한노와 함께 모습을 드러냈다.

하지만 호가대원들로 인해 그 모습은 석만호 측에 보이진 않았다.

"반대의 결과가 있을 수도 있지."

"아직 늦지 않았다. 아버지를 제압해. 그럼 우리가 새로운 석가장을 만들 수 있다."

"미안하지만 누구 밑에 들어갈 생각은 없어서. 그렇다고 석가장주 자리를 나한테 줄 것도 아니잖아?"

"……!"

석만호의 말문이 막혔다.

미처 거기까지는 생각하지 못한 모양이었다.

하지만 빈말이라도 양보하고 싶지는 않은지 석만호는 마른 입술만 핥았다.

"그리고 역천마궁과는 풀어야 할 빚도 있고 말이지."

"하면 어쩔 수 없군."

스스슥!

석만호의 수신호에 변심한 호가대원들이 병장기를 꺼냈다.

한때 한솥밥을 먹었던 그들이 이제는 적이 되어 서로를 겨누었다.

하지만 그보다 먼저 석진호의 손이 움직였다.

꽈아아앙!

느닷없이 생성된 거대한 장인(掌印)이 그들의 머리 위에서 떨어져 내렸던 것이다.

그 결과 변심했던 호가대원들은 순식간에 곤죽이 되었다.

"배반자의 말로는 죽음뿐이지."

"공격해!"

갑작스러운 선제공격에 석만호가 버럭 소리를 질렀다.

그러자 수백 명이 일제히 몸을 날렸다.

하지만 달려드는 족족 무사들이 터져 나갔다.

석진호가 여전히 장강을 유지하고 있어서였다.

"이익!"

"정면에서 싸우지 말고 돌아가!"

"같이 죽자!"

일 장은 거뜬히 넘을 듯한 장강이 무지막지한 기세로 전방을 휩쓸자 변심한 호가대원들과 역천마궁도들이 악을 쓰며 이동했다.

그중 몇몇은 폭사공을 펼칠 마음에 몸을 날렸지만 그보다 석진호의 지풍이 한발 빨랐다.

역천폭사공을 운기하기 전에 지풍이 벼락같이 쇄도하며 미간을 꿰뚫었던 것이다.

"복수다!"

"배신자에게는 죽음을!"

그리고 본격적인 전투가 시작됐다.

석명일과 석비강 뒤에 있던 호가대원들이 일제히 적들을 향해 달려들었던 것이다.

그 모습을 잠시 지켜본 석진호는 이내 고개를 돌렸다.

어디 있어도 한눈에 들어올 것 같은 남다른 체구의 장년인에게로 말이다.

"그쪽은 나와 대화를 나누어야 할 것 같은데."

"눈치챘나?"

"살기를 그렇게 풀풀 날리는데 모를 수가 있나."

"그러니까 쓸데없는 소리를 하지 말았어야지."

"언제까지 숨길 수 있을 것 같아?"

석진호가 조소를 머금었다.

꽁꽁 숨겨 봤자 결국에는 드러날 사실이었다.

그리고 장년인 역시 아등바등하다가 죽을 운명이었고.

"언젠가는 밝혀지겠지. 하지만 그 전에 해결될 것이다."

"쉽게 해결될 결함이었으면 진즉에 해결되었을 거라고는 생각하지 않나?"

"방법은 이미 찾았다!"

쿠그그긍!

장년인, 철갑태군(鐵鉀太君)이 기세를 일으켰다.

그러자 무지막지한 기세가 사방을 휩쓸었다.

마치 태풍이라도 일어난 것처럼 그를 중심으로 무시무시한 기파가 쏟아져 나왔던 것이다.

하지만 그 모습에도 석진호는 미소를 지우지 않았다.

"그래? 내가 보기에는 해결책을 못 찾은 거 같은데."

"흥!"

우람하기보다는 뚱뚱한 체구를 가진 철갑태군이 콧김을

내뿜으며 어깨에 걸치고 있던 대추(大椎)를 크게 휘둘렀다.

장대에 거대한 망치를 매달아 놓은 모양새였는데 무지막지한 진기가 실리자 위력이 엄청났다.

대지를 때리자 지진이라도 난 것처럼 지축이 뒤흔들렸던 것이다.

하지만 무기가 크고 긴 만큼 실패했을 때의 빈틈 역시 컸다.

스슥!

훤히 드러난 배를 석진호는 놓치지 않았다.

단숨에 간격을 좁히며 일 장을 내뻗었다.

퍼어억!

그런데 놀랍게도 강기가 서린 일격을 철갑태군은 몸으로 받아 냈다.

호신강기를 일으킨 것도 아니고 외공을 익힌 것도 아닌데 장강을 막아 냈던 것이다.

"호오."

"후후! 그딴 약해 빠진 공격은 나에게 통하지 않는다!"

쌔애애액!

묵직한 파공성과 함께 석진호의 정수리로 거대한 망치가 떨어져 내렸다.

어느새 대추를 회수한 철갑태군이 재차 휘두른 것이었다.

콰아앙!

하지만 이번에도 그의 공격은 맨땅을 강타했다.

그 짧은 사이에 석진호가 빠져나갔던 것이다.

“쥐새끼 같은 놈!”

“볼 장은 다 봤으니 끝내 볼까.”

“뭐라고 지껄이는 것이냐!”

피하기만 한 주제에 거들먹거리듯이 말하는 석진호의 모습에 철갑태군이 어처구니없다는 표정을 지었다.

언행 불일치도 이런 언행 불일치가 없어서였다.

하지만 그는 이내 두 눈을 부릅떠야 했다.

턱!

태산조차 뭉개 버릴 기세로 떨어져 내리던 그의 대추가 막혔다.

그것도 맨손에 붙잡힌 모습에 철갑태군이 경악한 표정을 지었다.

지금껏 수많은 격전을 치러 왔지만 그의 대추를 이렇게 잡아낸 이는 없었다.

심지어 점창파를 멸문시킬 때도 장로들만이 겨우겨우 막아 냈었는데 너무나 편안한 얼굴로 대추를 받아 내자 철갑태군이 믿을 수 없다는 표정을 지었다.

“별거 없다고, 네 몸뚱이는. 아니, 정확하게는 잔기술이라고 해야 하나. 공력을 제대로 통제할 수 없으니 그냥 돌려 버린 거 아냐. 방향만 잡아 준 채로.”

부르르르!

정확히 자신의 상태를 말하는 석진호의 모습에 철갑태군의 동공이 흔들렸다.

누구도 그의 비밀에 대해 알지 못했는데 처음 본 석진호가 단박에 알아채자 그는 당혹스러운 기색을 감추지 못했다.

하지만 그는 이내 동요를 추슬렀다.

알아냈다고 해서 파훼할 수 있는 건 아니었기 때문이다.

'처음 마음먹은 대로 죽이면 된다! 그러면 비밀도 자연스레 지켜질 터!'

철갑태군이 힘차게 대추를 들어 올렸다.

한 번이 안 된다면 두 번, 세 번 두드릴 생각이었다.

지금껏 그렇게 수많은 적들을 죽여 왔었고, 석진호도 그리 될 터였다.

"끄으응!"

한데 문제가 생겼다.

괴력을 지닌 그가 있는 힘껏 잡아당겼는데도 불구하고 붙잡힌 애병이 꼼짝도 하지 않았다.

그 모습에 철갑태군이 황급히 공력을 끌어 올렸다.

무지막지한 공력으로 괴력을 가일층 증가시켰던 것이다.

덜덜덜!

하지만 그럼에도 달라지는 건 없었다.

얼굴이 시뻘게질 정도로 공력을 끌어 올렸음에도 애병은

꼼짝도 하지 않았던 것이다.

"이익!"

그 모습에 철갑태군은 생각을 바꿨다.

들어 올릴 수 없다면 차라리 이대로 내려찍자고 마음을 달리 먹은 것이다.

터엉!

그런데 그때 그의 대추가 튕겼다.

석진호가 절묘한 순간에 반탄력을 일으켜 철갑태군을 날려 버린 것이었다.

동시에 석진호의 신형이 그의 품 안으로 파고들었다.

토옹.

순식간에 철갑태군에게 접근한 석진호는 아까 전과 마찬가지로 손을 뻗었다.

별다를 것 없는, 투박하기 짝이 없는 일 장을 날렸던 것이다.

하지만 그로 인한 결과는 결코 가볍지 않았다.

퍼어어엉!

장심에서 생성된 강환이 철갑태군의 복부를 때렸다.

그런데 그게 한 번이 아니었다.

연이어 생성된 강환은 똑같은 부위를 강타했다.

그 결과 육신을 축으로 끊임없이 회전하던 진기가 사방으로 흩어졌다.

"끄아악!"

동시에 철갑태군의 전신에서 피가 솟구쳤다.

연거푸 터지는 강환에 육신이 버티지 못했던 것이다.

호신강기보다도 더 강력한 방어력을 지닌 그의 몸이었으나 속사포처럼 이어지는 강환에는 소용없었다.

"제아무리 단단한 강철도 결국 더 강한 힘에는 부서지는 법이지."

철갑태군이 흡정마공으로 막대한 내공을 지녔다고 하나 석진호 역시 그 못지않았다.

공청석유를 먹기도 했지만 혼원천뢰신공으로 쌓이는 공력 역시 어마어마했기에 석진호는 기교보다는 똑같이 힘으로 찍어 눌렀다.

굳이 기술을 쓸 필요가 없기도 했고 말이다.

쿠웅!

"어, 어떻게……!"

"주군!"

무기력하게 뒤로 넘어가는 철갑태군의 모습에 수족들이 싸우다 말고 몸을 돌렸다.

당장 목이 따여도 이상하지 않을 상황에 황급히 달려왔던 것이다.

"멈춰라!"

"당장 주군에게서 떨어져라!"

철갑태군의 직속 부하들이 기를 쓰고 달려왔다.

몇몇은 역천폭사공도 펼칠 기세였다.

하지만 그들이 접근하는 것보다 석진호의 일 권이 훨씬 더 빨랐다.

빠어어엉!

초식도 아닌 그저 단순한 주먹질이었지만 거기에 강기가 서리면 이야기가 달라진다.

심지어 공력 역시 넘쳐 났기에 서려 있는 기운 역시 어마어마했다.

"케헥!"

"억!"

철갑태군과 함께 꽤 많은 전선을 돌아다니며 흡정마공으로 상당한 공력을 흡수했지만 그럼에도 석진호의 일 권을 막기에는 역부족이었다.

호신강기조차 뭉개 버리는 일 권에 달려들던 역천마궁도들이 파도에 휩쓸린 모래성처럼 쓸려 나갔다.

"으윽!"

그러나 그들의 노력은 헛되지 않았다.

짧게나마 시간을 벌어 주는 사이 철갑태군이 정신을 차렸던 것이다.

물론 아직도 육체적, 정신적 충격이 남아 있기는 했으나 중요한 건 이성을 어느 정도 회복했다는 사실이었다.

그와 동시에 철갑태군은 도주를 생각했다.

'내 상대가 아니다.'

짧은 격돌이었지만 철갑태군은 확실하게 깨달았다.

눈앞에 있는 석진호가 자신보다 강하다는 것을 말이다.

처음에는 강해 봤자 자신보다는 아래라고 생각했다.

아무리 대단해도 구파일방이나 오대세가의 수장급이 될 리가 없다고 생각했었다.

하지만 실제로 붙어 본 석진호는 괴물이었다.

그것도 나이를 뛰어넘은 괴물.

'피해야 해! 무조건 피해야 해! 이곳에 있으면 죽는다!'

초절정의 경지에 올라 있는 것도 놀라운데 더 경악스러운 건 무지막지한 공력이었다.

그보다도 더 많은 듯한 공력에 철갑태군은 기가 질렸다.

동시에 머릿속에 경종이 울렸다.

본능이 무조건 도망치라고 소리쳤던 것이다.

"어딜 가려고? 오는 건 마음대로 왔지만 가는 건 달라."

"막아라! 이놈을 막아!"

단 일격에 절정 고수 열댓 명을 날려 버린 석진호를 향해 철갑태군이 악을 썼다.

아까 전의 여유로웠던 태도는 완전히 사라지고 피투성이인 얼굴에는 다급함만 떠올라 있었다.

쩌어억!

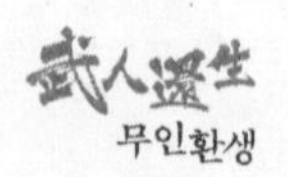

그러나 철갑태군의 비명과도 같은 지시에 달려들던 역천마궁도들은 석진호의 일 검에 양분됐다.

어느새 뽑힌 검이 그들을 무자비하게 훑고 지나갔던 것이다.

틈을 주면 폭사공을 펼칠 게 뻔하기에 석진호는 아예 그럴 틈을 주지 않았다.

"괴, 괴물……!"

"괴물이라니. 괴물은 네 쪽이지. 난 엄연히 순수하게 무공을 쌓아 여기까지 올라온 거라고. 무인들의 정혈을 빨아먹은 네놈과 달리."

미소를 띠고 있었으나 눈은 절대 웃고 있지 않았다.

그렇기에 더욱 섬뜩하게 다가왔다.

심지어 검은 물론이고 손, 옷에도 피 한 방울 묻지 않았다.

"달려들어!"

"어떻게든 주군을 구해야 한다!"

"역천폭사공을 발동시키고 가!"

승천무관에 모인 인원만 오백 명이 넘었다.

그렇기에 수십 명을 죽였음에도 달려드는 숫자는 여전했다.

석미룡 쪽도 수성전을 펼치듯 견디는 쪽으로 가닥을 잡았고.

워낙에 수적으로 열세였기에 어쩔 수 없었다.

"그런 식으로 나온단 말이지."

이렇게 된 거 다 같이 죽자는 식으로 달려드는 역천마궁도를 쳐다보며 석진호가 중얼거렸다.

그러면서도 석진호의 시선은 슬금슬금 뒷걸음질 치는 철갑태군을 향해 있었다.

사로잡으면 알아낼 수 있는 게 많을 것이기에 지금껏 멀쩡히 놔두었는데 이렇게 나온다면 얘기가 달라졌다.

"같이 죽자!"

"우리와 함께 가는 거다!"

"미안하지만 아직 죽을 생각은 없어서. 근데 너희도 참 생각이 없다."

우르르 달려들던 역천마궁도들의 눈이 순간 휘둥그레졌다.

갑자기 그들의 앞으로 토벽이 솟구치며 파도처럼 밀려와 서였다.

"어어어?"

역천폭사공의 특성상 한번 발동시키면 도중에 멈추는 것은 불가능했다.

이미 타오르기 시작한 선천진기를 도중에 중지시키는 구결이 없기도 하거니와 한번 붙은 불꽃이 쉽사리 꺼질 리도 없었다.

그렇기에 밀려오는 토벽에 속수무책으로 밀린 역천마궁도

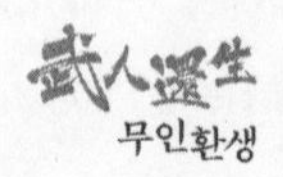

들이 얼굴 가득 당혹스러운 표정을 지었다.

순식간에 동료들에게로 밀려나자 석진호의 의도를 알 수 있어서였다.

"말한 대로 다 함께 가라고."

싱긋 웃는 석진호를 보며 역천마궁도들이 악을 썼다.

그러면서 어떻게든 거리를 좁히려고 했지만 다시 한번 이어지는 진각에 시도는 원천 봉쇄되고 말았다.

"피, 피해!"

그러자 역천마궁도들은 다른 방법을 생각해 냈다.

이대로 가만히 있다간 동료들이 펼친 역천폭사공에 휘말릴 것 같자 사방으로 도망쳤다.

그리고 그건 곧 전선의 균열로 이어졌다.

콰콰콰쾅!

토벽에 의해 사방으로 밀려난 역천마궁도들의 몸이 폭발했다.

빠른 판단으로 잽싸게 몸을 피한 이들은 살아남았지만 그러지 못한 이들은 동료의 역천폭사공에 휘말려 함께 증발했다.

"미, 미친!"

그 광경에 철갑태군이 어이없다는 표정을 지었다.

저런 방법으로 역천폭사공을 활용할 줄은 정말 꿈에도 예상하지 못했기에 그는 어처구니없다는 얼굴로 헛웃음을 흘렸다.

"우린 못다 한 이야기를 나눠 보도록 할까. 물론 그 전에 잠깐 손 좀 보고."

서걱.

철갑태군의 손발이 허공으로 솟구쳤다.

가벼운 일 검으로 그의 두 손과 두 발을 잘라 버렸던 것이다.

"끄아아악!"

"아직은 안 죽일 거니까 걱정하지 말고."

여전히 웃는 얼굴로 석진호가 지풍을 날렸다.

과다 출혈로 죽으면 안 되기에 지혈을 해 준 것이었다.

하지만 그게 철갑태군은 조금도 고맙지 않았다.

오히려 두려운 눈으로 석진호를 쳐다봤다.

"나, 날 죽이면 승천무관을 날려 버릴 것이다! 아직 그 정도 숫자는 있다!"

"허장성세는. 이미 승부는 났어."

"적들을 물리쳐라!"

"장주님을 보호하라!"

두두두두!

석진호의 말이 끝나기 무섭게 서쪽에서 말발굽 소리와 함께 수백 명이 나타났다.

석풍표국의 표사들이 때마침 등장한 것이었다.

그걸 본 철갑태군이 망연자실한 표정을 지었다.

"살고 싶지? 이대로 죽고 싶지는 않을 거 아냐."

"……원하는 게 뭐지?"

석진호는 철갑태군의 속내를 꿰뚫어 봤다.

어떻게든 그를 죽이려 했다면 철갑태군은 진즉에 폭사공을 펼쳤을 터였다.

하지만 철갑태군은 그러지 않았다.

이길 수 없다고 판단하기 무섭게 도주를 선택했다.

"간단해. 역천마궁에 대해서 설명해 주면 돼. 내가 알고 있는 게 별로 없거든."

"나보고 배신자가 되라는 건가?"

"이 자리에서 죽는 것보다는 나을 것 같은데."

"손발이 다 잘렸는데?"

철갑태군이 기가 막히다는 표정을 지었다.

손과 발을 다 잘라 놓은 주제에 너무 뻔뻔하게 말하는 것 같아서였다.

"그럼 죽든가."

"자, 잠깐!"

철갑태군이 다급하게 소리쳤다.

손발이 잘리긴 했으나 워낙 깔끔하게 베였기에 빨리 의원을 찾아간다면 붙일 수 있을지도 몰랐다.

더욱이 지혈까지 완벽하게 되어 있는 상태이니만큼 서두

르기만 한다면 말이다.

그렇기에 철갑태군은 팔을 번쩍 들었다.

"말할 마음이 생겼나 보군."

"나도 많은 걸 알지는 못한다. 하북성에는 나 혼자 왔으니까."

"알고 있는 것만 말하면 돼. 역천마궁주를 포함해서 너를 제외한 열한 명에 대해서 말이지. 익히고 있는 무공, 성향, 목적지가 어디인지도. 그 외 숨겨 놓은 전력이라든가 아니면 비밀리에 포섭된 세력이라든지."

"……전부 털어먹겠다는 거로군."

"목숨값보다는 싸지 않겠어?"

석진호가 사악하게 웃었다.

마치 너에게는 선택지가 없다는 듯이 말이다.

그리고 그건 사실이었다.

더구나 그는 시간도 없었다.

'잠깐, 굳이 사실을 말해 줄 필요는 없잖아?'

고민하던 철갑태군이 순간 눈을 빛냈다.

한 가지 꼼수가 머릿속에서 번뜩였던 것이다.

"말하겠다. 내가 알고 있는 것 전부 다."

"해 봐."

철갑태군이 빠르게 설명을 이었다.

급하게 말하게 돼서 그런지 두서가 살짝 없었으나 석진호는 일단 들었다.

도중에 끼어들지 않고 조용히 말이다.

그런데 그럴수록 철갑태군이 불안한 표정을 지었다.

묻지도 않고 듣기만 하니 무슨 생각을 하는지 알 수가 없어서였다.

하지만 이미 쏘아진 화살이었기에 철갑태군은 알려졌을 법한 사실에 거짓을 섞어 말했다.

"지금 당장 생각나는 건 이 정도다. 그러니 너도 약속을 지켜라."

"고생했다."

푹!

배에서 느껴지는 낯선 감촉에 철갑태군이 일순 멍한 표정을 지었다.

이게 무슨 일인가 싶어서였다.

하지만 이내 그의 얼굴은 분노로 시뻘겋게 변했다.

"약속이 다르지 않으냐!"

"말한 대로 안 죽였잖아."

단전을 꿰뚫은 검을 뽑으며 석진호가 무심하게 말했다.

그러나 그 말에 철갑태군은 더욱 분노했다.

"단전은 무인에게 있어 생명이나 마찬가지다!"

"너도 사실을 말하지 않았잖아? 피차일반인 거 같은데."

"무, 무슨……!"

"그리고 네놈의 말을 순순히 믿고 싶지도 않고. 다른 쪽 말도 들어 봐야지."

"허업!"

석진호가 왼손을 뻗어 철갑태군의 목을 움켜잡았다.

그러고는 그대로 정문을 향해 집어 던졌다.

혼원천뢰기로 내부를 충분히 헤집어 놓은 다음에 말이다.

"잘 걸렸다!"

"감사합니다, 석 관주님!"

만신창이가 된 꼴로 날아오는 철갑태군의 모습에 호가대원들이 두 눈을 희번덕였다.

석진호의 의도를 그들은 귀신같이 알아챘던 것이다.

그렇기에 호가대원들은 너 나 할 거 없이 석진호에게 감사 인사를 전했다.

그리고 그 말은 달리 말하면 승패가 기울어졌다는 뜻이기도 했다.

"이제 하나 남았나."

"물러나지 마라! 자리를 지켜! 한 명이라도 도망치면 우린 다 죽는 거다!"

석진호의 시선이 악을 쓰는 석만호에게로 향했다.

석풍표국의 등장과 함께 승리의 추는 석가장 쪽으로 순식간에 기울었지만 그럼에도 석만호는 포기하지 않았다.

지금 포기하면, 항복하면 그에게는 죽음밖에 남는 게 없어서였다.

그래서 그는 악착같이 싸우고 있었다.

꽈아앙! 꽈앙!

더 이상 싸울 수 없는 중상자들을 화탄처럼 사용했지만 결과는 썩 좋지 않았다.

지원군의 숫자가 많기도 했거니와 전황이 불리하단 걸 파악한 눈치 빠른 이들이 은근슬쩍 빠져나가자 전선이 급속도로 무너졌다.

이대로는 개죽음만 당할 것 같아 보이자 죄다 몸을 내뺐던 것이다.

"멈춰라! 멈추라고!"

게다가 애초에 석만호와 함께 온 인원은 그리 많지 않았다.

대부분이 석가장을 뒤집으면 흘러나올 떡고물을 기대하며 모여든 이들이었기에 흩어지는 건 순식간이었다.

물론 석가장의 호가대와 석풍표국이 쉽게 보내 주지는 않았지만 사방으로 뿔뿔이 흩어지니 잡는 것에는 한계가 있었다.

처척! 척!

결국 얼마 안 가 석만호는 혼자 남게 되었다.

창을 든 표사들에게 포위되어 혼자 덩그러니 서 있는 모습에 석진호는 검을 집어넣었다.

"싱겁네. 몸 좀 푸나 했더니."

"도와줘서 고맙다."

석진호의 곁으로 북궁혁이 다가왔다.

특유의 느긋한 걸음이로 한노와 함께 말이다.

"고맙긴. 한 게 없는데."

"정찰해 줬잖아."

"그게 뭐 일인가. 그리고 객잔주님은 나한테도 남이 아니야. 내가 객잔주님께 얻어먹은 밥이 얼만데. 아마 북해로 돌아가면 너보다 객잔주님이 먼저 떠오를지도 몰라. 진짜 손맛이, 내 전속 숙수를 데려와 객잔주님께 한 수 배우라고 하고 싶을 정도야."

북궁혁의 너스레에 석진호가 피식 웃었다.

하지만 북궁혁은 진심이었다.

북해의 음식이 그립긴 했지만 그렇다고 간절하게 생각나지 않는 건 전부 다 소하정 덕분이었다.

"하하! 이런 결과는 생각지도 못했는데……."

"쉽게 죽을 생각은 하지 마라."

"전세가 역전되었다고 너무 기세등등하신 거 아닙니까? 저에게도 아직 한 방이 있습니다."

포위된 상태임에도 석만호는 비굴해지지 않았다.

오히려 광기 어린 눈으로 석명일을 노려봤다.

여차하면 같이 죽겠다는 듯이 자신의 심장을 두드리면서 말이다.

그 모습에 포위하고 있던 표사들이 긴장한 표정을 지었다.

"내가 보기에는 허세로밖에 안 보이는데. 이 자리에 누가 있는지 잊은 건 아니겠지?"

석명일의 시선이 석진호에게 닿았다.

홀로 석가장을 깨부쉈던 그 무시무시한 철갑태군도 가볍게 제압한 게 석진호였다.

그렇기에 석명일은 석만호의 말이 허세로밖에 보이지 않았다.

막말로 지금 당장 석진호가 나서면 바로 제압당할 석만호였다.

"으음!"

그리고 그걸 석만호 역시 잘 알았다.

그래서 석만호는 석진호를 죽일 듯이 노려봤다.

석진호만 아니었다면 상황은 지금과 정반대였을 게 분명해서였다.

"너만 아니었다면……."

"내 탓 하지 마라. 이 결과를 만든 건 너다."

마치 자신이 모든 걸 어그러뜨렸다는 듯이 말하는 석만호를 향해 석진호가 코웃음을 쳤다.

애초에 석만호가 허튼 마음을 먹지 않았다면 여기까지 오지도 않을 일이었다.

"후후후!"

석만호가 하늘을 올려다보며 허탈한 웃음을 흘렸다.

그런데 그때 석만호의 입에서 시커먼 피가 흘러나왔다.

이래도 죽고 저래도 죽으니 스스로 심맥을 터트린 모양이었다.

"저, 저……!"

"먼저 가서 기다리지요."

석명일이 얼굴 가득 분한 표정을 지었다.

찢어 죽여도 시원찮을 놈이 자결을 택하자 분노가 치솟았던 것이다.

하지만 그가 할 수 있는 건 없었다.

그저 마지막까지 재수 없는 미소를 남기고 간 석만호를 쳐다보는 것밖에는.

"전장을 정리해라!"

"예!"

석만호의 신형이 허물어지기 무섭게 석미룡이 지시를 내렸다.

전투가 끝났으니 서둘러 정리하기 위해서였다.

부상자들도 치료해야 했기에 석가장의 무사들과 석풍표국의 표사들이 이리저리 움직이기 시작했다.

그리고 그들 중에는 승천무관의 관도들도 있었다.

저벅저벅.

정신없이 움직이는 사람들 사이로 석명일이 석미룡의 부

축을 받으며 걸음을 옮겼다.

이윽고 그가 싸늘하게 식은 두 구의 시체 앞에 섰다.

부들부들.

얼마나 원통한지 두 눈조차 감지 못한 채로 차디찬 땅바닥에 누워 있는 두 아들의 모습에 석명일이 몸을 떨었다.

그러다가 바닥에 털썩 주저앉았다.

"미안하구나……. 정말 미안하다."

혼자 힘으로서는 서 있지도 못하는 석명일이 붉어진 눈으로 손을 뻗었다.

두 아들의 눈을 감겨 주기 위해서였다.

이윽고 떨리는 손으로 석진룡, 석기룡의 눈을 감겨 준 석명일이 고개를 떨구었다.

"아버지……."

오빠들의 시신 위로 떨어지는 눈물방울을 보며 석미룡이 놀란 표정을 지었다.

늘 냉정하다 못해 비정하다고 생각했던, 철혈이라는 두 글자가 너무나 잘 어울리는 석명일이 눈물을 흘릴 줄은 몰랐기에 석미룡은 놀란 얼굴로 두 눈만 껌뻑거렸다.

"장주도 사람이다. 또한 아비이기도 하고. 단지 석가장주로서 그러한 모습을 드러내지 않았을 뿐이지."

"할아버지……."

"오늘만 저럴 것이니 그냥 보고 잊어다오."

"알겠어요."

심한 부상을 입기는 했어도 운 좋게 살아남은 황검과 함께 석비강이 걸어왔다.

그러고는 쓸쓸한 눈빛으로 장남과 차남의 시신을 내려다 봤다.

손자 둘의 죽음에 그 역시 슬퍼하는 것이었다.

"언제까지 찬 바닥에 내버려 둘 것이냐. 아이들을 챙겨 주자꾸나."

"……예."

석명일이 마음을 추스를 시간을 어느 정도 준 석비강이 입을 열었다.

한날한시에 두 아들을 잃은 심정은 이해가 갔지만 그렇다고 언제까지 이 자리에 둘 수는 없었다.

보내 주는 것도 제대로 보내 줘야 했기에 석비강은 아들을 일으켜 세웠다.

전투는 끝났지만 여전히 승천무관은 부산스러웠다.

부상자들을 치료하고 시신들을 정리하느라 정신이 없었던 것이다.

"활약이 대단했다고 들었다."

"여기 계셔도 됩니까?"

"중요한 이야기야 표국주님이 계시니까. 나야 일개 총표두 아니냐. 머리 쓰는 사람도 아니고. 나 하나 없어도 괜찮아."

창밖을 내려다보고 있는데 문이 열리며 석덕월이 들어왔다.

그새 씻었는지 말끔한 모습이었다.

"하긴. 이제 남은 문제는 하나뿐이니까요."

"너는 안 갈 거지?"

"제가 있어야 할 곳은 여기입니다."

석진호의 시선이 언니 못지않게 발 빠르게 움직이는 당아린에게로 향했다.

사실 너무 의외의 모습이라 놀라기도 했다.

당하린이 부상자들을 챙기는 거야 이해가 갔지만 당아린은 아니었기 때문이다.

게다가 옆에서는 미호가 짐을 한가득 등에 짊어진 채로 뛰어다녔기에 석진호는 고개를 연신 갸웃거렸다.

"네가 함께 가 준다면 정말 든든할 텐데."

"지금 전력만으로도 충분할 겁니다. 십이사도는 더 이상 없다고 하니까요. 게다가 장주님이 건재하시니 거의 무혈입성이나 마찬가지죠."

"그렇긴 한데 불안한 것도 사실이니까. 우리도 내부 단속을 한 후에 오긴 했지만 만호 일이 있으니까 예전처럼 온전히 믿기가 힘들더라고."

석덕월이 아직도 믿기지 않는다는 표정을 지었다.

처음 연락을 받았을 때도 그는 전서응이 잘못 작성된 줄 알았다.

다른 이도 아니고 서출이라고 하나 자식인 석만호가 석명일의 등에 칼을 꽂을 줄은 몰라서였다.

그렇다고 석만호가 석진호처럼 석가장에서 천대받았던 것도 아니었기에 더더욱 놀라웠다.

"열 길 물속은 알아도 한 길 사람 속은 모른다고 하잖습니까. 이왕 이렇게 된 거 긍정적으로 생각하시죠. 걸러 낼 수 있는 기회였다고."

"말처럼 그게 쉽나."

석덕월이 헛웃음을 흘렸다.

말처럼 쉬우면 이 세상에서 마음고생하는 사람은 단 한 명도 없을 터였다.

"이번 일로 더욱 단단히 뭉칠 수 있을 겁니다."

"그래야지. 석가장이나 석풍표국 정도 되면 위기는 늘 있으니까. 그나저나 십이사도 중 한 명을 그렇게 쉽게 잡다니. 얼마나 더 숨기고 있는 거야?"

"비밀입니다."

"재미없기는. 그래도 내가 위험에 빠지면 도와주러 올 거지?"

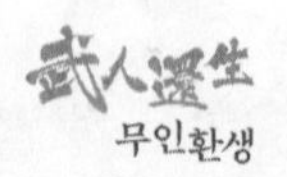

"일순위는 유모고 두 번째는 윤이라서 아저씨까지 차례가 가려면 좀 오래 기다려야 할 것 같습니다."

석진호가 장난스럽게 말했다.

하지만 어느 정도는 사실이기도 했다.

석덕월도 그에게 있어 소중한 사람이지만 소하정이나 탁윤에 비할 바는 아니었다.

"빈말이라도 해 주면 좀 덧나냐."

"제가 빈말을 하지 못하는 성격이라. 아, 그리고 역천마궁주와 십이사도의 움직임에 대해서 확인해 주세요. 철갑태군의 말을 전부 다 믿을 순 없지만 어느 정도는 사실일 가능성이 있으니까요."

"안 그래도 애들한테 말해 뒀다. 확인되는 대로 너한테도 연락이 갈 거다."

"감사합니다."

"고맙기는. 네가 해 준 게 얼마인데. 그리고 우리에게도 도움이 되는 일이기도 하고. 지금 가장 중요한 것 중 하나가 바로 정보 아니더냐."

석덕월이 고개를 저었다.

오히려 도움이 되면 되었지 그나 석풍표국 입장에서는 나쁠 게 하나도 없어서였다.

"그렇게 생각해 주시면 감사하고요."

"우리는 협력 관계이지 않느냐. 서로 돕고 살아야지! 허허허!"

"전쟁이 끝나기 전까진 힘든 것 아시죠? 구가검문에서도 쳐들어왔던지라."

"알지. 그래서 내가 단기 속성 과정에 대해서는 입 꾹 다물고 있는 거 아니냐. 나도 염치는 있다."

여전히 아쉽긴 했지만 현 상황을 생각하면 오히려 잘된 것일 수도 있었다.

어쩌면 남 좋은 일만 시켜 줄 수도 있으니까.

그건 결단코 싫었다.

"언제 출발한답니까?"

"내일 아침. 부상자들은 마차를 이용해 따로 이동할 거다."

"서두르는군요."

"늦어서 좋을 건 없으니까. 시간이 흐를수록 손해가 커지기도 하고. 또 애먼 놈이 넘볼 수 있으니 확실하게 정리해야지."

석진호는 고개를 주억거렸다.

어느 말 하나 틀린 말이 없어서였다.

더불어 석가장 내에 한동안 피바람이 불 것 같았다.

석풍표국 역시 마찬가지고.

"조심히 다녀오세요."

"필요한 거 있으면 바로 말하고. 네가 말하면 웬만한 건 다 들어줄 거다."

"우선 역천마궁의 행적만 알면 돼요. 제가 당하고만은 못

사는 성격이라."

석진호가 두 눈을 번뜩였다.

이번 생은 평화롭고 한가하게 살 생각이지만 그렇다고 동네북이 되어 줄 생각은 전혀 없었다.

이만큼 받았으니 그 이상 되돌려줄 생각이었다.

제58장 받은 것 이상

늦은 밤 석명일이 석진호를 찾아왔다.

대부분의 사람들이 정리를 마치고 지쳐 잠자리에 들었음에도 석명일은 사람을 보내 석진호의 의중을 물은 후 수행원 없이 혼자 석진호의 침실을 방문했다.

"들어오시죠."

"나 때문에 못 자는 건 아닌지 모르겠구나."

"괜찮습니다. 잠을 원래 늦게 자는 편이라."

"그렇다면 다행이고."

"앉으시죠."

여전히 서먹한 분위기가 있었으나 이제는 적응이 되었기에 석명일은 창백한 얼굴로 자리에 앉았다.

그런 그를 향해 석진호는 삼매진화의 수법을 응용해 다호를 데우고는 찻잔에 따랐다.

이윽고 석명일의 앞에 놓인 찻잔에서 김이 몽글몽글 올라왔다.

"늦은 시각에 널 보자고 한 건 지금이 아니면 고맙다는 말을 못 할 것 같아서 말이다. 들었겠지만 내일 아침 일찍 떠나기로 했거든."

"총표두님께 들었습니다."

"그래서 늦었지만 꼭 만나고 싶었다. 정말, 고맙다. 네가 아니었다면 난 이렇게 앉아 있지 못했을 거다."

석명일이 진심을 담아 말했다.

떠나기 전 이 말은 꼭 하고 싶었기에 석명일은 석진호와 눈을 마주하며 고마운 마음을 전했다.

"저뿐만 아니라 많은 사람들이 힘을 보탰기에 가능한 결과라고 생각합니다."

"물론 그렇지. 하지만 가장 큰 전공을 세운 건 너지. 만약 네가 철갑태군을 잡아 주지 않았다면 이렇게 감사 인사도 하지 못했을 거다."

"공짜는 아닙니다."

"당연히. 무엇이든, 어떤 것이든 말만 하거라. 네가 부탁하는 걸 가장 우선적으로 들어주마. 석가장주의 이름으로."

석명일이 단호하게 말했다.

어떤 걸 말하든 전부 다 들어주겠다는 듯이 말이다.

그러면서 그는 뜨거운 눈으로 석진호를 쳐다봤다.

처음에는 어떻게든 석진호를 석가장의 품 안에 안으려고 했으나 이제는 생각이 달라졌다.

석진호는 감히 석가장이 품을 수 있는 인물이 아니었다.

그렇다면 답은 하나뿐이었다.

어떻게든 석진호의 옆에 붙어 있어야 했다.

'가질 수 없다면 최대한 달라붙어 있어야 해.'

무력에 대해 잘 알고 있었지만 이번만큼 절절하게 무력의 무서움을 느껴 본 적은 없었다.

그렇기에 석명일은 결심했다.

어떻게 해서든 석진호와, 승천무관과 돈독한 관계를 유지하기로 말이다.

'더욱이 현재는 전쟁 중이다.'

이미 마수를 드러낸 만큼 역천마궁은 계속해서 석가장을 노릴 터였다.

그리고 그 역시 가만히 있을 생각은 없었다.

당한 만큼 갚아 주는 건 당연했고, 이제부터는 전면전이었다.

물론 그 전에 내부 정리, 단속을 해야 하지만 그게 끝나면 석명일은 대대적으로 역천마궁과 싸울 생각이었다.

석가장의 모든 것을 이용해서 말이다.

그리고 그 계획에는 석진호와 승천무관도 있었다.

"장주님의 약속, 기억해 두겠습니다."

"원한다면 서약서를 써 주마. 인장까지 찍어서."

"굳이 그럴 필요가 있을까 싶지만, 장주님께서 원하신다면."

이상할 정도로 단호한 표정을 짓고 있는 석명일의 모습에 석진호는 종이와 붓을 가져왔다.

그러자 석명일이 빠르고 간단명료하게 서약서를 작성한 후 반지 형태의 인장을 찍었다.

"여기 받거라."

"예."

"역천마궁은 어떻게 할 생각이지?"

"받은 만큼 돌려줘야 하지 않겠습니까. 저도 가만히 당해 주기만 하는 성격은 아닌지라."

"그래. 그래야 석가장의 핏줄이지."

석명일이 만족스러운 표정을 지었다.

출가하기는 했어도 석진호 역시 석가장의 피를 이었다.

그렇기에 그는 아주 흡족한 얼굴로 고개를 연신 주억거렸다.

"피곤하실 텐데 이만 일어나시죠."

"안 그래도 거의 한계였다. 이제는 몸도 예전 같지 않아……."

예전이었다면 절대 아니라고, 무조건 괜찮다고 강한 척을 했을 텐데 오늘은 아니었다.

그 모습에서 석진호는 새삼 세월이 흘렀음을 느꼈다.

석진룡과 석기룡의 죽음이 석명일을 바꾼 것 같기도 했고 말이다.

"마룡아."

"예, 관주님."

"장주님을 처소까지 모셔다 드리거라."

"예!"

어느새 문 앞을 지키고 있던 정마룡이 황급히 달려와 석명일을 부축했다.

그런데 그 손길에 석명일이 움찔거렸다.

석만호에게 당한 기억이 순간 떠오른 모양이었다.

하지만 이내 그는 순순히 정마룡의 부축을 받으며 방을 나섰다.

"조심히 들어가시길."

"너도 푹 자거라."

부축을 받으며 석명일이 방을 나섰다.

그 모습을 잠시 지켜본 석진호는 이내 창문을 활짝 열었다.

냐아옹.

"요즘 네가 고생이 많다."

윤기가 자르르 흐르는 흑휘의 등을 석진호가 부드럽게 쓰다듬었다.

다른 이들은 몰랐지만 승천무관을 가장 많이 살피는 게 흑휘였다.

또한 삼랑이들과 미호를 진두지휘하는 것도 흑휘였고.

그르릉. 그릉.

뒤통수부터 시작해서 엉덩이까지 이어지는 손길에 흑휘가 기분 좋은 얼굴로 갸릉거렸다.

간만에 석진호의 손길을 만끽하겠다는 듯이 말이다.

그러고도 부족한지 흑휘는 만져 달라는 부위를 손바닥을 향해 슬쩍슬쩍 들이밀었다.

"이번에 외출하면 특식 하나를 구해 오마."

냐옹!

특식이란 말에 눈을 감고 손길을 음미하던 흑휘가 두 눈을 번쩍 떴다.

그러고는 기대한다는 듯이 꼬리를 좌우로 살랑살랑 흔들었다.

"고생했으니 당연히 보상이 있어야지. 만약 못 구하면 바다 한번 들어갔다 오면 되니까."

할짝할짝!

어떤 것이든 다 좋다는 듯이 흑휘가 신난 얼굴로 석진호의 손을 핥았다.

똑똑똑.

오랜만에 흑휘와 놀아 주는데 문을 두드리는 소리가 들렸다.

동시에 익숙한 인기척도.

"저예요, 오라버니. 들어가도 될까요?"

"되긴 되는데."

"그럼 들어갈게요."

석진호의 허락에 펑퍼짐한 외투를 걸친 당하린이 방 안으로 들어왔다.

그런데 늦은 밤까지 부상자들을 돌보느라 정신없을 텐데도 얼굴에서는 지친 기색이 전혀 보이지 않았다.

"이 늦은 시간에 웬일이야?"

"차 한 잔 얻어먹고 가려고요. 근데 선객이 있었나 보네요?"

"석가장주님이 오셨지."

"아."

석명일이 왔다는 말에 당하린이 살짝 놀란 표정을 지었다.

자세히는 몰라도 석명일과의 관계가 썩 좋지만은 않다는 걸 알기에 당하린은 거기서 더 이상 묻지는 않았다.

"앉아. 차 한 잔 줄 테니."

"네."

"근데 괜찮겠어? 그냥 자는 게 더 나을 텐데."

"에이, 별로 피곤하지도 않은데요."

당하린이 곱게 웃으며 손사래를 쳤다.

바삐 움직이기는 했지만 그렇다고 피로하지는 않았다.

의원도 있었고, 당아린이 열심히 도와주었기에 실제로 그녀가 한 일은 그리 많지 않았다.

"그렇다면 다행이고."

"저 때문에 불편하신 건 아니죠?"

"나보다는 네가 더 불편할 것 같은데."

"저도 괜찮아요."

당하린이 의미심장한 미소를 지었다.

소문이 나면 그녀로서는 더 좋아서였다.

물론 지금도 반쯤은 소문이 난 상태였지만 말이다.

그리고 부친이나 조부 역시 그걸 원하기도 했고.

'무위를 떠나 오라버니를 놓치고 싶지 않아.'

무공도 무공이지만 당하린은 석진호의 심성이 마음에 들었다.

특히 자상하게 가족을 챙기는 점이 말이다.

보통은 어떻게든 높은 경지에 올라 자신의 이름을 드높이려고 하는데 석진호는 정반대였다.

무위를 드러내기보다는 편안하고 평화로운 삶을 누리길 원했다.

그것도 세상을 떨쳐 울릴 무공을 가지고 있음에도 말이다.

당아린은 처음에 그걸 전혀 이해하지 못했지만 지금은 달랐다.

"오늘 하루 고생 많았어."

"아니에요. 저는 싸우지도 않았는데요."

"대신 유모 곁을 지켰잖아."

"소강이도 있었고, 흑휘도 있었어요."

어느새 석진호의 옆에 엉덩이를 대고 얌전히 앉아 여유로움을 만끽하고 있는 흑휘를 눈짓으로 가리키며 당하린이 말했다.

그런데 그 시선을 느낀 듯 흑휘가 한쪽 눈만 살짝 떴다.

"같이 고생한 건 마찬가지니까."

"객잔주님은 저에게도 소중한 분이세요. 정말 많은 걸 배우기도 했고요. 참, 그리고 아버지께서 고맙다는 말 전해 달라고 하셨어요. 폭사공의 징조를 알려 주신 덕분에 피해를 정말 많이 줄이셨대요."

"고맙기는. 상부상조하는 거지. 나도 도움받은 게 많으니까."

"그렇게 생각해 주시면 감사해요."

"좀 의외인 사람도 있었지만."

석진호가 당아린을 떠올리며 차를 한 모금 들이켰다.

야밤에, 그것도 눈에 확 띄는 미녀와 단둘이 있었지만 석진호는 딱히 동요하지 않았다.

당하린 역시 유혹하려는 기미를 전혀 보이지 않았고.

"아린이 말씀이시죠?"

"응. 철이 제법 든 것 같아. 언니가 교육을 잘 시켜서 그런가."

"스스로도 느끼는 게 많은 거 같아요. 이제는 적은 나이가 아니기도 하고, 미호를 보면서 깨닫는 것도 있는 것 같아요."

"사람이 되어 가고 있어."

당하린이 살포시 웃었다.

그녀 역시 그렇게 생각해서였다.

처음 승천무관에 찾아왔을 때와 비교하면 정말 괄목할 만한 변화였다.

동시에 크게 혼낼 수도 있는데 그렇게 하지 않은 석진호에게 고마운 마음이 들었다.

"고마워요, 오라버니."

"뭐가?"

"많은 것들이요. 후후!"

"실없기는."

피식 웃으며 다시 찻잔을 들어 올리는 석진호의 모습을 당하린은 지그시 쳐다봤다.

자신을 조금도 여자로 생각하지 않는다는 걸 알 수 있었지만 그럼에도 당하린은 옅게 웃었다.

적어도 쫓겨나지 않는 한 기회는 있다고 생각해서였다.

그리고 애초에 석진호가 여인에게 관심이 크게 없다는 것도 알고 있었고.

'너무 다가가는 건 좋지 않아. 조용히, 스며들듯이. 오라버니에게는 그렇게 해야 해.'

당하린이 승천무관에 머문 지 어느새 이 년이 다 되어 갔다.

그런 만큼 자연스레 석진호에 대해서 알게 되었다.

소하정에게 들은 것도 많았고 말이다.

그래서 그녀는 절대 서두르지 않았다.

"아, 참! 구가검문에 대해서는 저희도 알아보고 있어요. 새로운 소식이 있으면 바로 말씀드릴게요."

"그래 주면 고맙고. 아무래도 따로 한번 봐야 할 것 같아서 말이지."

석진호의 두 눈이 서늘하게 빛났다.

아무래도 구가검문과는 돌이킬 수 없는 강을 건넜기에 그는 확실하게 마무리를 지을 생각이었다.

"최대한 빨리 알아볼게요."

"사천당가 쪽은 어때?"

"십이사도 중 한 명이 사천성 성도에 도착했다는 소식이 마지막이었어요."

석진호가 턱을 쓰다듬었다.

십이사도라 함은 오늘 상대했던 철갑태군과 비슷한 실력자라는 걸 뜻했다.

어쩌면 더 강할 수도 있었고.

'그래도 두 사람이 있으니 크게 걱정하지는 않아도 되겠군.'

사천당가에는 당대 천하십대고수이자 명왕이라 불리는 당군성이 있고, 전대 당 가주인 당천광도 아직 건재했다.

그렇기에 석진호는 크게 걱정하지 않았다.

"게다가 사천성에는 본가뿐만 아니라 아미파와 청성파도 있으니까요."

"두 명이 더 갈 수도 있겠는데."

"세 명까지는 세 곳에서 감당할 수 있을 거라 생각해요. 현재 가장 중요한 곳은 무당파지요."

"무당파마저 무너지면, 백도무림은 타격이 크지."

석진호가 고개를 주억거렸다.

점창파가 구대문파의 중 한 곳이라고 하나 무당파와는 감히 비교할 수 없었다.

구대문파라고 다 같은 구대문파가 아니었다.

소림사와 더불어 백도무림의 양대 산맥이라고 할 수 있는 곳이 바로 무당파였기에 역천마궁의 손에 무너진다면 점창파, 형산파가 무너진 것과는 비교도 안 되는 여파가 몰아칠 게 분명했다.

"근데 그렇게 될까요? 다른 곳도 아니고 무당파잖아요. 소림사와 함께 단 한 번도 본산을 빼앗기지 않은 곳이 무당파인데. 더구나 검존께서 계시기도 하고요."

"글쎄. 그건 붙어 봐야 알 것 같은데. 지금은 속단하기 힘들지. 일단 역천마궁의 기세가 워낙 대단하니까. 무당파도 철저하게 준비하고 있겠지만, 그건 역천마궁도 마찬가지니까. 무당파라는 세 글자가 주는 부담감에 대해서 가장 느끼고 있을 곳이 역천마궁이니까."

"으음!"

당하린의 표정이 심각해졌다.

듣고 보니 일리가 있어서였다.

역천마궁이 발호한 것도 어떻게 보면 자신감의 표출이었다.

천하를 상대로 해볼 만하다고 말이다.

'그게 사실이라면…….'

철갑태군이 석가장을 노린 것처럼 형산파 이후 십이사도는 천하 각지로 뿔뿔이 흩어졌다.

예전에는 역천마궁주와 함께 움직였는데 지금은 달랐다.

다음 목적지가 무당파라는 걸 생각할 때 힘을 집결해도 모자랄 판에 말이다.

'설마 그러고도 이길 자신이 있다는 건가? 아니면 허허실실의 기만책? 시간을 끄는 게 목표인가?'

당하린의 미간에 깊은 골이 생겼다.

갑자기 여러 가지 생각이 동시에 휘몰아쳐서였다.

"너무 걱정은 하지 말고. 호북성에는 무당파만 있는 게 아니니까."

"아! 맞아요. 융중산에 제갈세가가 있죠!"

"똑똑한 사람들도 있으니 알아서 잘 막을 거다. 쉽게 밀리지도 않을 테고."

"개인적으로 무당산에서 결판이 났으면 좋겠어요."

"나도 그래."

천하제일인이 목표였던 지난 생이었다면 기회라고 생각하며 전장으로 뛰어갔겠지만 지금은 아니었다.

이번 생은 평화롭고 조용하게, 그리고 행복한 삶을 영위하고 싶었기에 석진호도 진심으로 바랐다.

역천마궁이 일으킨 혈겁이 딱 이 정도 선에서 마무리되기를 말이다.

당한 게 있으니 갚아 줄 생각은 있지만, 그 전에 지리멸렬한다면 그것 또한 나쁘지 않았다.

'제일 좋은 건 내 손을 더럽히지 않고 치우는 거니까.'

석진호는 꼭 자신이 치워야 한다는 생각은 하지 않았다.

남이 치워 준다면 그것 역시 나쁘지 않았다.

다만 그걸 제대로 해 줄 수 있는 실력자가 별로 없어서 그렇지.

만약 백도무림이 강했다면 역천마궁이 이렇게까지 설치지도, 승천무관까지 오지도 않았을 터였다.

"그런데 걱정이 되기도 해요. 십이사도 때문에 구파일방과 오대세가의 전력이 하나로 모이질 않아서."

"무당검존의 힘을 믿어 보자고. 나름 천하제일인에 가장 가까운 무인 아냐."

"네."

쌍존의 일인인 무당검존이 있었으나 당하린은 이상하게 마음이 불안했다.

혹시나 하는 생각이 들어서였다.

게다가 무당산에는 삼괴 중 한 명이자 석진호의 벗이라 할 수 있는 모용천도 있었다.

"천이는 너무 걱정하지 말고. 스스로의 의지로 운명을 개척하러 간 거니까. 우리가 해 줄 수 있는 건 응원뿐이야."

"가끔은 제 속내를 들여다보시는 거 같아요."

"걱정할 게 그것밖에 없잖아? 유추하기가 쉬울 수밖에."

"그런가요?"

"응. 이제 슬슬 돌아갈 때도 된 것 같고. 차는 다 마셨잖아?"

당하린이 묘한 미소를 머금었다.

평소와 다르게 도발적인 표정을 지었던 것이다.

"술 한잔은 안 될까요?"

"응, 안 돼. 돌아가."

"치잇!"

일말의 망설임도 없이 대꾸하는 석진호의 모습에 당하린이 고개를 돌리며 입술을 삐죽 내밀었다.

하지만 석진호는 단호했다.

"이만 돌아가."

"알겠어요."

살짝 유혹 아닌 유혹을 해 봤던 당하린이 아무렇지 않은 얼굴로 일어났다.

미동도 하지 않자 미련 없이 일어선 것이다.

그러고는 석진호에게 짧게 인사한 후 방을 나섰다.

"후우!"

방문을 닫은 당하린이 작게 한숨을 내쉬었다.

그런 그녀의 얼굴에는 씁쓸함이 짙게 서려 있었다.

아무렇지도 않은 척한 거지 아무렇지 않은 건 아니었다.

하지만 이내 그녀는 표정을 가다듬고 자신의 방으로 향했다.

이른 아침부터 정마륭은 기합이 바짝 들어가 있었다.

겉으로 보기에는 별다를 거 없는 아침이었으나 그에게는 아니었다.

평소와 달리 그의 어깨에는 막중한 임무가 있었기에 정마륭은 한껏 긴장한 얼굴로 연무장은 물론이고 뒷마당, 목장, 과수원까지 샅샅이 살폈다.

"그렇게 과하면 티가 나는 법일세."

"어르신."

형형한 눈으로 승천무관 곳곳을 살피던 정마륭이 등 뒤에서 들려오는 음성에 몸을 돌렸다.

그러자 그동안 있는 듯 없는 듯 머물고 있던 한노의 모습이 눈에 들어왔다.

"자네의 마음을 모르는 건 아니나, 힘이 너무 들어가 있어. 이런 때일수록 더 자연스럽게 행동해야 해. 평소와 다름없이."

"그건 아는데……."

"허허, 쉽지 않지?"

"예. 저를 믿고 맡기신 일이니까요. 이런 적이 처음이기도 하고."

정마륭의 고개가 점점 숙여졌다.

예전이었다면 아무렇지 않게, 걱정하지 말라며 오히려 호언장담했을 터였다.

이제는 당당한 절정 고수이기도 하고.

하지만 역천마궁도들을 직접 겪어 보자 그 자신감은 눈 녹듯이 사라졌다.

"책임감은 알겠으나 그럴수록 태연해야지. 현재 승천무관을 관리해야 하는 사람은 자네이지 않나."

"제, 제가요?"

"그럼 탁 교두가 하나? 아님 채 소협이?"

정마륭의 동공이 더 이상 커질 수 없을 만큼 커졌다.

생각해 보니 지금 승천무관을 관리할 사람은 자신밖에 없었다.

가장 큰 어른은 소하정이지만 그녀는 무인이 아니었다.

그렇다면 결국 책임자라 할 수 있는 이는 그나 탁윤뿐이었다.

꿀꺽!

거기까지 생각하자 정마륭은 마른침을 삼켰다.

그러면서 몸까지 떨었다.

생각했던 것보다 임무가 더욱 막중한 것 같아서였다.

"그렇다고 너무 긴장하지는 말고. 사천당가의 아가씨들도 있고, 호위 무사들도 있으니까."

"하지만 관주님께서 제게 말씀하시길 위급 상황이 오면 어르신을 찾아가라 하셨습니다."

"나도 들었네. 그러니 너무 걱정하지 말게. 자네와 탁 교두, 소 동생은 내가 어떻게든 지킬 터이니. 내 목숨을 걸어서라도."

떠나기 전 북궁혁이 했던 신신당부를 그는 분명하게 기억하고 있었다.

때문에 그는 반드시 소하정과 탁윤, 정마륭을 지킬 생각이었다.

그 자신을 희생해야 하는 상황이 오더라도 말이다.

'세 사람은, 승천무관은 그만한 가치가 있지.'

석진호를 처음 봤을 때 가장 놀란 사람은 북궁혁이 아니라 그였다.

북궁혁이 석진호의 경지를 얼핏 엿봤다면 그는 얼추 가늠할 정도를 봤다.

그렇기에 순순히 북궁혁의 지시를 따른 것이었다.

만약 그가 죽는다면 석진호가 확실하게 복수해 줄 것임을 알았으니까.

"감사합니다, 어르신."

"됐네. 나 역시 소궁주님의 지시를 따르는 것뿐이니. 그리고 개인적으로 소 동생에게 얻어먹은 것도 많고, 흠흠!"

한노가 입맛을 쩝쩝 다셨다.

북해를 떠난 지 제법 시일이 지났음에도 고향의 음식이 크게 그립지 않은 건 전부 다 소하정 덕분이었다.

워낙에 음식 솜씨가 뛰어나기도 할뿐더러 북해 음식을 설명해 주면 비슷하게 만들어 주었기에 향수병을 피할 수 있었다.

오히려 강호 유람을 할 때 그는 향수병이 올 뻔했다.

'그러고 보니 관주님이 북해 음식에 대해서 조금 아는 것

같았는데.'

하북성을 벗어나 본 적이 없는 석진호가 소하정에게 이런 저런 조언을 해 주던 것이 그는 문득 떠올랐다.

그리고 그게 상당히 도움이 되었다는 것도.

"앞으로 잘 부탁드립니다."

"너무 걱정하지 말게. 황보세가를 점령한 십이사도는 이쪽이 아닌 하북팽가로 갔다지 않나. 별일 없을 걸세."

"그래도 혹시 모르니까요."

"정 교두님!"

그때 정마륭과 마찬가지로 순찰을 돌고 있었는지 바짝 긴장한 얼굴로 채소강이 뛰어왔다.

허리춤의 검을 꽉 잡은 모습으로 말이다.

"안녕하세요, 어르신."

"그래."

뒤이어 한노를 발견한 채소강이 싹싹하게 인사해 왔다.

그 모습에 한노가 푸근한 미소를 지었다.

어느새 이곳이 많이 편안해진 모습이었다.

"순찰 돌았구나?"

"예. 무관 인근 한 바퀴를 돌았어요. 근데 주위 아주머니들이랑 아저씨들께서 말해 주셨는데 딱히 거동이 수상한 자는 보이지 않는대요. 보부상들만 들어왔고, 외부인은 따로 없대요."

과수원까지 합치면 승천무관의 규모가 작지 않은데 한 바퀴를 다 돈 걸 보면 아침 일찍부터 일어나 확인한 듯싶었다.

거기다 마을 사람들의 말까지 들었다고 하자 정마륭이 기특하다는 표정을 지었다.

“고생 많았다.”

“아닙니다. 당연히 해야 할 일인데요.”

“근데 너도 나처럼 힘이 너무 많이 들어간 듯싶구나.”

“힘이요?”

채소강이 무슨 말이냐는 듯이 눈을 동그랗게 떴다.

그 모습에 정마륭은 방금 전의 자신을 되돌아보며 한노가 말해 준 것들을 찬찬히 설명했다.

“중요한 건 평소와 다름없이, 티를 내지 않는 거야.”

“명심하겠습니다.”

“윤이는 걱정할 필요 없네.”

“탁 교두님은 늘 표정이 한결같으니까요.”

“그렇지. 근데 사석에서는 예전처럼 형이라고 해도 돼. 우리가 남도 아니고.”

무덤덤한 얼굴로 다가오는 탁윤을 쳐다보며 정마륭이 채소강의 머리를 쓰다듬었다.

이제 고작 열여섯 살인 녀석이 너무 어른스러워 보이려고 하는 것 같아서였다.

“혹시라도 실수할 수 있으니까요.”

"사람은 원래 실수를 해. 나만 해도 매일 실수투성이잖아. 윤이도 마찬가지고. 그러니까 너무 스스로를 몰아붙이지 마. 벌써부터 이러다가 지쳐서 정작 나중에 집중해야 할 때 못하면 어떡해?"

"그럼 안 되죠."

채소강이 격렬하게 고개를 저었다.

정마륭과 탁윤과 달리 그는 엄밀히 말해 계약에 의해 무공을 배우고 있는 중이었다.

그런 만큼 채소설만큼이나 소하정을 지켜야 했다.

'내가 죽어도 관주님께서 소설이를 거둬 주실 테니까.'

다른 이는 몰라도 석진호는 믿었다.

어쩌면 자기 자신보다 더 말이다.

자기 사람에게는 한없이 자애롭고 따뜻한 사람이 석진호였다.

그렇기에 채소강은 죽음이 두렵지 않았다.

"긴장은 하되 무리는 하지 말자. 알았지?"

"예!"

"알겠습니다."

우렁차게 대답하는 두 사람을 이끌고서 정마륭은 하루 일과를 시작하기 위해 몸을 돌렸다.

그런데 그때 반대쪽에서 익숙한 인영 두 개가 걸어왔다.

"아린 아가씨?"

"응? 뭐야, 왜 다 모여 있어?"

미호와 함께 반대쪽 뒷마당에서 모습을 드러낸 당아린을 보며 정마륭은 물론이고 탁윤과 채소강도 놀랐다.

그녀가 산책을 자주 하는 건 알았지만 이렇게 이른 시간에 나오는 경우는 드물어서였다.

"가볍게 한 바퀴 돌았습니다."

"나도 그래. 오늘따라 눈이 일찍 뜨이더라고. 그래서 산책 겸 한 바퀴 돌았지. 요즘 미호가 뱃살이 좀 나온 것 같아서."

꼬로롱!

미호가 거칠게 울었다.

강력하게 부정하듯이 말이다.

그런데 어느새 나타난 삼랑이들이 이를 드러내며 웃었다.

사람이 껄껄 웃듯이 말이다.

"얘는. 농담도 못 하나."

"그런가요."

"그럼 수고해."

"예."

등장과 마찬가지로 유유히 멀어지는 당아린을 쳐다보며 정마륭이 고개를 갸웃거렸다.

왠지 모르게 단순히 산책하려고 나온 것 같아 보이지 않아서였다.

물론 산책을 할 수도 있고, 평소에 자주 하기도 하지만 이렇게 이른 시간에 한 적은 없었다.

해도 대개 목장 정도만 둘러보았었다.

“아린 아가씨도 신경이 쓰이나 봅니다.”

“……역시 그런 거겠지?”

“은근히 잔정이 많으시잖아요.”

“뭐, 나쁜 건 아니니까.”

탁윤의 말에 어깨를 으쓱거린 정마륭은 이내 고민을 털어냈다.

지금은 당아린의 생각보다 승천무관의 안전에 집중해야 할 때였다.

그러면서 관도들의 훈련도 신경 써야 했고 말이다.

“가시죠.”

“그래.”

이윽고 정마륭은 탁윤, 채소강과 함께 연무장으로 향했다.

한노는 소하정이 있는 식당으로 이동했고.

구 척은 거뜬히 되어 보이는 거구의 중년인을 내려다보며 팽진극이 마른침을 삼켰다.

덩치도 덩치지만 풍기는 기운이 어마어마했다.

하북제일도라 불리는 그의 기가 꺾일 정도로 말이다.

그리고 그건 전대 팽 가주인 팽만기도 마찬가지인 듯 심각한 얼굴로 옆에 서 있었다.

"거신마군(巨身魔君)이라고 했더냐?"

"예, 아버지."

"황보세가가 무너질 만하구나."

팽만기가 땅이 꺼지도록 무거운 한숨을 내쉬었다.

그 정도로 거신마군이 흩뿌리는 존재감은 무시무시했다.

황보세가주가 도망친 게 이해될 정도로 말이다.

"우리는 다를 겁니다. 저는 도망칠 생각이 없습니다."

"그건 나 역시 마찬가지다. 본가는 지금껏 단 한 번도 도망친 적이 없다. 무너졌으면 무너졌지."

"맞습니다."

혼자서는 상대할 엄두가 나지 않았지만 하북팽가에는 자신만 있는 게 아니었다.

부친인 팽만기도 있었고, 수많은 수하들과 방계들이 있었다.

그들이 모두 집결한 만큼 팽진극은 한판 붙어 볼 만하다고 생각했다.

'어차피 패배하면 모든 걸 잃는다. 그러니 초반부터 승부수를 띄운다!'

팽진극은 다음을 생각하지 않았다.

무인인 이상 싸우면 되었다.

평생을 그렇게 살아왔고, 앞으로도 그렇게 살아갈 생각이었다.

그래서 그는 두렵지만 물러나지 않았다.

저벅저벅.

거신마군의 세력이 하북팽가의 대장원을 포위하고 있을 때 멀리서 발소리가 들려왔다.

그리고 두 개의 인영이 이내 그의 눈에 잡혔다.

"너랑 이렇게 밖에 나온 건 처음 같은데."

"멀리 나온 건 처음이지."

"그래서 그런가. 아주 신나는데."

"관심받는 걸 좋아하나 봐?"

석진호가 피식 웃었다.

양쪽을 합치면 이천 명은 거뜬히 넘어가는 인원이 쳐다보고 있음에도 긴장하기는커녕 오히려 즐기는 것 같아서였다.

더욱이 분위기도 무겁기 짝이 없는 상황인데 말이다.

"없는 것보다는 낫잖아? 그리고 내가 또 언제 이런 관심을 받아 보겠어?"

"북해에서는 많을 것 같은데."

"시선에 담겨 있는 감정이 다르지. 북해에서는 여기처럼 살벌한 안광을 뿌리진 않는다고."

"근데 취향은 이쪽인 거 같은데?"

"여기서는 내 마음대로 날뛰어도 되잖아? 흐흐흐!"

북궁혁이 장난기 가득한 미소를 머금었다.

마치 악동과도 같은 표정을 지었던 것이다.

"그렇긴 하지."

"언제 또 이런 기회가 있겠어?"

"너무 깊게 들어가지는 말고. 적당히 즐겨, 적당히. 까딱하면 너도 훅 갈 수 있다."

"걱정하지 마. 아직 죽고 싶은 생각은 없으니까. 더욱이 하북팽가를 위해서는 말이지."

북궁혁의 시선이 하북팽가로 향했다.

정확하게는 자신을 알아본 듯한 세 사람에게로 말이다.

"여차하면 치고 빠져. 세 사람은 널 확실하게 알 테니까."

"안 그래도 눈 마주쳤다. 특히 팽 소저가 정말 크게 놀란 듯한데?"

"그럴 만하지."

"오해할 수도 있을 것 같은데."

북궁혁의 미소가 짙어졌다.

위기의 순간 짠하고 나타났으니 팽나연이 오해해도 이상할 건 없었다.

그러나 석진호는 단호했다.

"아닐걸. 너만큼이나 나에 대해서 잘 알고 있으니."

"하긴. 알고 지낸 세월이 좀 되지."

"원래는 더 빨리 오려고 했는데……."

석진호가 말끝을 흐렸다.

그 역시 오해의 소지가 있을 수 있다는 걸 알았다.

하지만 서두른다고 했는데 결과적으로는 늦고 말았다.

"어쩔 수 없지. 정보가 너무 늦게 도착했으니까. 그래도 난 전일 때보다는 낫잖아? 전투가 시작되었으면 신경 쓸 게 많았을 텐데."

"오해하기 너무 좋은 순간이라."

"뭐 어때? 이미 너에게 푹 빠져 있는데. 내가 보기에는 지금도 딱히 안 달라졌을 거 같은데?"

북궁혁이 능글맞게 웃으며 팔꿈치로 석진호의 옆구리를 찔렀다.

그러면서 그는 담장 위에 서서 여전히 입을 쩍 벌리고 있는 팽나연을 힐끔거렸다.

"내 의도는 그게 아니니까 그렇지. 난 그냥 손 좀 봐 주고 구가검문에 대한 정보 좀 얻을 겸해서 온 것뿐인데."

"겸사겸사 얼굴도 보면 좋지 뭐. 사실 팽 소저 입장에서는 얼마나 억울하겠어? 도와주지는 못할망정 부친이라는 작자가 초를 쳤으니."

"집안마다 사정이라는 게 있으니까."

"내심 네가 남아 달라고 말해 줬으면 싶었을걸. 아니면 확실하게……."

북궁혁이 팔을 쫙 뻗었다가 끌어안듯이 낚아챘다.

허공에 누군가가 있는 것처럼 말이다.

"헛소리는 그만하고."

"자고로 영웅은 호색하다고 했어. 자의적이든, 타의적이든 말이지."

"영웅은 개뿔."

스르릉.

석진호는 검을 뽑아 들었다.

허리춤에 있던 두 자루 검 중 팽나연에게서 선물받은, 그리고 그가 처음으로 제대로 사용했던 검이 청아한 마찰음과 함께 모습을 드러냈다.

"뭐, 내가 생각하기에도 영웅은 너와 나보단 천이가 더 잘 어울리기는 하지. 듣자 하니 백리 소저랑 잘되어 가는 거 같은데. 동료도 꽤 모았고."

"능력은 확실히 있으니까."

"물론 천이는 삼 등이야. 네가 일 등, 내가 이 등이지. 후후!"

"여기에 없다고 너무 막말하는 거 같은데?"

당연하다는 듯이 자기가 모용천보다 낫다고 말하는 걸 들으며 석진호가 피식 웃었다.

그러고는, 거신마군이 있는 곳을 향해 가볍게 좌우로 휘둘렀다.

쩌어억!

하나 그로 인해 벌어진 일은 결코 가볍지 않았다.

검에서 뻗어 나간 아주 얇은 검강이 수백 명을 일시에 베어 버렸던 것이다.

"이노옴-!"

베인지도 모른 채 양분되어 허물어지는 무인들 사이로 석탑이 아닐까 싶을 정도로 거구의 장한이 뛰쳐나왔다.

수하들의 죽음도 죽음이지만 감히 자신에게 선전포고를 한 석진호의 행동에 대로한 것이었다.

쿵쿵쿵쿵!

뚱뚱하다는 표현이 절로 떠오를 체구의 철갑태군과 달리 거신마군의 전신은 온통 근육으로 뒤덮여 있었다.

언뜻 보면 조각가가 정성 들여 빚은 하나의 명작처럼 말이다.

하지만 거신마군은 살아 있는 인간이었고, 철갑태군과는 비교도 안 되는 괴력을 지닌 존재였다.

'같은 십이사도라도 격차가 있을 거라고 예상하기는 했는데, 생각 이상이네?'

흥분한 수컷 멧돼지처럼 저돌적으로 달려드는 거신마군을 보며 석진호가 의외라는 표정을 지었다.

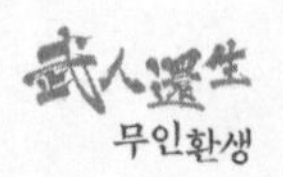

초절정 중엽에 불과했던 철갑태군과 달리 거신마군은 거의 끝자락에 닿은 듯해 보여서였다.

물론 끝자락이라고 해서 다 같은 끝자락은 아니었지만 그래도 철갑태군과 비교하면 몇 수는 더 뛰어난 강자였다.

"무시무시한데."

"저 녀석이 전부다."

"그렇긴 한데, 나로서는 아직 역부족이야."

얼굴을 잔뜩 일그러뜨리고서 달려오는 거신마군을 보며 북궁혁이 분한 표정을 지었다.

그 역시 후기지수의 수준을 뛰어넘은 고수였으나 거신마군과 비교할 수는 없었다.

하지만 그 기색은 창졸간에 사라졌다.

그가 이곳에 온 건 거신마군을 상대하기 위해서가 아니었다.

"오늘 이 자리를 너를 위한 자양분으로 삼으라고."

"곧 따라잡아 주마. 얼마 안 걸릴 거다."

"다치진 말고."

"걱정 마라."

북궁혁이 자신만만하게 웃으며 땅을 박찼다.

이윽고 그의 신형이 새하얀 냉기에 휩싸이며 역천마궁도들을 휩쓸었다.

콰아앙!

한편 석진호를 향해 득달같이 달려든 거신마군은 자신의 체격만큼이나 커다란 방천극을 내리찍었다.

단숨에 석진호를 쪼개 버리겠다는 듯이 무시무시한 기세로 휘둘렀던 것이다.

하지만 방천극은 간발의 차이로 석진호를 놓치고서 맨땅을 강타했다.

스스슥!

그리고 그 틈을 타 석진호가 접근했다.

마치 미끄러지듯이 움직이며 순식간에 간격을 좁혔던 것이다.

"흥!"

그러나 그 빠른 몸놀림에도 불구하고 거신마군은 당황하지 않았다.

땅바닥에 박힌 방천극을 뽑기보단 접근하는 석진호를 향해 좌장을 내질렀다.

웅웅웅웅!

묵직한 소성과 함께 황색의 거대한 장강이 솟아나 석진호를 집어삼켰다.

거의 일 장은 될 법한 장강이 순식간에 석진호에게 뻗어나갔던 것이다.

스극!

하지만 무지막지한 중압감을 흩뿌리던 장강은 허공에서

깔끔하게 갈라졌다.

석진호의 일 검에 두부처럼 베였던 것이다.

그런데 장강이 베이는 순간 방천극의 뾰족한 창극이 파고 들었다.

장강이 베이는 순간 거신마군이 방천극을 회수하며 재차 공격을 펼친 것이었다.

그그극!

그러나 거신마군은 뜻을 이루지 못했다.

검신을 비껴 세운 석진호가 그의 방천극을 흘려 냈던 것이다.

"흐아압!"

한데 그 순간 거신마군이 눈을 빛냈다.

검과 방천극이 맞닿은 순간 그는 팔뚝의 근육을 불끈거리며 힘을 가일층 끌어 올렸다.

닿아 있는 순간을 이용해 석진호를 깔아뭉개려는 것이었다.

거기에 진기를 이용해 석진호가 방천극을 떨쳐 내지 못하게 만들었다.

"이거 어쩌나. 힘이라면 나도 자신 있는데."

체격만 따지면 석진호는 거신마군의 절반밖에 되지 않았다.

하지만 체급 차이는 범인들에게나 통용되는 것이었다.

무인들에게는 절대적이지 않았다.

내공이라는 힘이 그 차이를 어느 정도 메워 주기 때문이다.

덜덜덜!

거신마군의 퉁방울만 한 눈이 부릅떠졌다.

밀어내기는커녕 자신이 조금씩 밀려나자 믿을 수가 없어서였다.

신력으로 유명한 황보세가조차도 그의 괴력 앞에서는 빛을 바랬었다.

그런데 그의 반 정도밖에 되지 않는 석진호가 힘으로 자신을 밀어내자 거신마군은 황당했다.

"끄으음!"

하지만 놀람은 잠시뿐이었다.

이내 그는 진기를 더욱 끌어 올리며 방천극을 눌렀다.

공력은 물론이고 체중까지 실어 석진호를 찍어 누르려는 것이었다.

그러나 방천극은 미동이 없었다.

"사람이 참 웃겨. 안되면 다른 방법을 써야 하는데 고수가 될수록 고집이라는 게 생기거든. 안되는 걸 알면서도 계속하게 되지."

"무, 무슨……!"

거신마군의 동공이 격렬하게 흔들렸다.

너무나 담담하게 말을 꺼내는 모습도 모습이지만 그의

방천극이 서서히 들리는 광경에 그는 경악을 감출 수가 없었다.

하지만 석진호의 공격은 그게 다가 아니었다.

빼어어엉!

어느새 펼쳐진 장심에서 강환이 펼쳐졌던 것이다.

가뜩이나 서로의 병기가 맞닿아 있을 정도로 가까워진 상태였기에 거신마군은 피하지도 못하고 속절없이 강환에 직격당할 수밖에 없었다.

"크으읍!"

물론 거신마군도 순순히 당하지만은 않았다.

그 짧은 순간 호신강기를 일으켜 강환을 받아 냈던 것이다.

거기다 원체 육신이 튼튼하기도 했고.

다만 문제는 강환이 끝이 아니라는 점이었다.

우우웅!

검신을 타고 솟구친 검강이 벼락처럼 떨어져 내렸다.

한번 잡은 승기를 석진호는 놓치지 않았던 것이다.

꽈아아앙!

지금껏 상대해 봤던 검강과는 격이 다른 밀도의 검강에 거신마군이 입술을 깨물었다.

전신을 짓뭉개는 무지막지한 충격에 저도 모르게 이를 악물 수밖에 없었던 것이다.

그런데 문제는 이런 검격이 계속해서 쏟아진다는 점이었다.

꽈앙! 꽝! 꽝!

간결하지만 절묘하게 파고드는 검격에 거신마군은 막기에 급급할 수밖에 없었다.

회피할 틈을 절대 주지 않겠다는 듯이 무조건 막을 수밖에 없는 검초를 뿌리니 그로서는 다른 선택지를 고를 수가 없었던 것이다.

물론 그도 가만히 당하고만 있지는 않았다.

특유의 막대한 진기를 일으켜 대항했지만 소용이 없었다.

석진호의 검강은 그런 그의 진기를 너무나 쉽게 찢어 버렸다. 심지어 몇 겹으로 이루어진 호신강기조차 단숨에 갈라 버리는 광경에 거신마군의 안색이 해쓱하게 변했다.

"남의 공력을 훔치면 뭐 해. 제대로 다루질 못하는데. 하수들을 상대할 때야 압도적인 위력을 발휘하겠지만 비슷한 경지의 무인을 만나면 이 꼴이 나지."

서걱.

거신마군의 눈동자가 순간 흔들렸다.

자신도 눈치채지 못한 틈으로 파고든 검극이 그의 어깨를 베고 지나가서였다.

상처라고 하기도 힘들 정도의 생채기였지만 거신마군은 알았다.

석진호가 마음만 먹으면 그의 어깨에 구멍을 뚫었을 수도 있다는 걸 말이다.

"……어떻게 너 정도의 괴물이 존재할 수 있는 거지?"

"말은 바로 해야지. 괴물은 내가 아니라 너희지. 인세에 허락되지 않은 마공을 익힌 건 너희니까."

"그럼 그 괴물을 때려잡는 인간은 뭐라고 해야 하지?"

"꼭 뭐라고 규정지을 필요는 없지."

"……지금이라도 물러난다면 보내 줄 수 있나?"

처음의 살기등등했던 모습과 달리 거신마군은 기가 꺾인 모습으로 조심스럽게 물었다.

아무리 생각해 봐도 이대로 계속 싸우면 자신이 죽을 게 분명해 보였다.

그래서 그는 자존심을 굽혔다.

자존심도 중요했지만 그보다는 목숨이 더욱 중요했다.

"내가 왜 여기까지 찾아왔을 것 같나?"

"죽음을 각오하고 덤비면 제아무리 너라도 무사하지는 못할 거다."

거신마군이 눈을 빛냈다.

이기진 못하겠지만 끝까지 싸우면 석진호를 저승에 함께 데려갈 자신은 있었다.

단지 동귀어진하기 싫어서 이리 말한 것일 뿐.

그렇기에 거신마군은 형형한 안광을 뿌리며 비릿하게 웃

었다.

"할 수 있으면 해 봐. 나도 궁금하니까. 십이사도, 아니 이제는 십일사도인가? 너희가 폭사공을 펼치면 위력이 어느 정도일지 한번 보고 싶기는 하거든."

으드득!

거신마도가 이를 악물었다.

저게 허장성세인지, 아니면 진짜 자신이 있어서 그러는 건지 구분이 가지 않아서였다.

하지만 놓아주지 않는 걸 생각해 보면 허장성세일 가능성은 희박했다.

"너는 힘들겠지만 너와 함께 온 이는 데려갈 수 있다."

"누가 보내 준대?"

꽈아앙!

걸어 잠갔던 대문을 활짝 열고서 역천마궁도들을 공격하는 하북팽가의 무인들과 함께 싸우고 있는 북궁혁을 힐끔거리는 거신마군을 향해 석진호가 가볍게 검을 휘둘렀다.

그러나 그 결과는 결코 가볍지 않았다.

장난처럼 휘두른 일 검에 거신마군의 방천극이 금이 갔던 것이다.

그 모습에 거신마군이 황당하다는 표정을 지었다.

제59장 천룡검제(天龍劍帝)

'분명 진기를 머금고 있었는데…….'

강환도 아니고 평범하기 짝이 없는 검강에 진기를 가득 머금고 있던 방천극의 창대에 균열이 생기자 거신마군은 헛웃음이 나왔다.

도저히 이 간극을 알 수가 없어서였다.

"먼저 건드린 쪽은 너희야. 그러니 그에 따른 대가도 받아들이도록."

"내가 한 게 아니다!"

"원래 은원 관계라는 게 그런 거야. 그리고 내가 여기에 오지 않았어도 넌 결국 나를 찾아왔겠지. 하북팽가 다음에."

"……."

부정할 수 없는 사실에 거신마군은 입을 다물었다.

그리고 결정을 내렸다.

이렇게 된 이상 석진호라도 데려가기로 말이다.

'하지만 그 전에 틈이 생기면 바로 물어뜯는다!'

파아앙!

균열이 간 방천극을 꼬나 쥐고서 거신마군이 달려들었다.

그런 그의 전신에서는 무시무시한 기운이 꿈틀거렸다.

지금까지 쌓아 온 공력을 모조리 끌어 올린 것이었다.

웅웅웅웅!

뒤를 생각하지 않겠다는 듯이 공력을 전부 다 끌어 올린 그의 주위로 수십 개의 강환이 떠올랐다.

말 그대로 이번 공세에 모든 걸 쏟아부으려는 것이었다.

"가랏!"

주위에 생성된 강환들이 맹렬한 기세로 석진호를 향해 쏘아졌다.

오직 석진호만을 노리고서 날아갔던 것이다.

꽈과과광!

이윽고 석진호의 주위에서 거대한 폭발이 일어났다.

강환들이 일시에 터지며 무지막지한 폭발이 일어났던 것이다.

그로 인해 사방에 여파가 미쳤다.

근처에 있던 몇몇은 폭발에 휩싸여 비명도 지르지 못하고 갈가리 찢겨 죽었다.

"후욱! 훅! 죽었나?"

모든 걸 쏟아부은 거신마군이 미간을 좁히며 거대한 먼지구름을 쳐다봤다.

그가 날린 강환으로 인해 휩쓸려 죽은 이들이 상당했지만 그는 다른 이들에 대해서는 조금도 신경 쓰지 않았다.

오직 석진호가 서 있던 자리만 주시했다.

만약 이번 공격으로 석진호를 처치하지 못했다면 방법은 하나밖에 없기에 그는 긴장한 얼굴로 먼지구름 너머를 지그시 쳐다봤다.

푹!

근데 그때 갑자기 가슴에서 화끈하면서도 서늘한 감촉이 느껴졌다.

동시에 식도를 타고 피가 역류했다.

"쿨럭!"

시뻘건 피를 토해 내며 거신마군이 가슴을 내려다봤다.

그러자 익숙한 철검 한 자루를 볼 수 있었다.

방금 전까지 석진호가 들고 있던 철검을 말이다.

"어, 어검술?"

"뭘 새삼스레 놀라고 그래? 내가 벽을 못 넘었을 것 같나?"

"하하하! 역시 그랬나? 나보다 강하긴 해도, 초월경에 오르지는 못했을 거라 생각했는데……."

"네가 생각한 범주 안에 날 넣지 마라."

쉬이익!

먼지구름으로 인해 시야가 가려진 틈을 타 뒤로 날아가서 거신마군의 심장을 꿰뚫은 검이 자연스럽게 석진호에게로 돌아왔다.

말 잘 듣는 강아지처럼 알아서 제 검집에 들어갔던 것이다.

"아직, 아직 안 끝났다! 네놈은 데려가지 못해도 다른 놈들은 모조리 데리고……!"

심장이 갈라진 채로 거신마군이 땅을 박찼다.

석진호가 아닌 하북팽가, 정확하게는 북궁혁을 향해 몸을 날렸던 것이다.

"소용없다니까."

누가 봐도 무엇을 노리는지 알 수 있는 행동에 석진호가 손을 뻗었다.

그러나 거신마군은 이미 역천폭사공을 발동시킨 후였다.

순식간에 그의 얼굴이 튀어나온 혈관으로 인해 역겹게 변했을 때 육신 역시 빠르게 부풀어 올랐다.

남아 있는 공력과 선천진기가 뒤섞이며 폭발하려는 것이었다.

우우웅.

그런데 폭발 직전 얇은 막이 거신마군을 휘감았다.

호신강기처럼 완벽한 구(球)의 형태를 띤 황금빛 막이 거신마군을 집어삼킨 순간 폭발이 일어났다.

하지만 미약한 소리만 날 뿐 폭발은 주위에 조금도 피해를 끼치지 못했다.

뒤덮은 황금빛 막이 거신마군의 역천폭사공을 완벽히 차단했던 것이다.

"헐."

거신마군이 달려들 때부터 주시하고 있던 북궁혁이 그 모습을 보고는 진심으로 질린 표정을 지었다.

설마하니 저런 방법으로 폭사공을 막아 낼 줄은 몰라서였다.

동시에 깨닫는 것도 상당히 많았다.

힘을 어떻게 응용하고 사용하느냐에 따라 다룰 수 있는 방법이 천차만별이라는 걸 새삼 깨달았던 것이다.

"우와아아!"

"역시 천룡검!"

"거신마군이 죽었다!"

물론 대부분의 무인들은 거신마군이 죽었다는 사실에 집중했다.

가장 큰 적이라 할 수 있는 거신마군이 죽자 기세가 무서운 속도로 치솟았던 것이다.

반대로 역천마궁도들의 기세는 순식간에 바닥을 찍었다.

우두머리가 죽자 다들 싸움을 멈추고 몸을 내빼기 시작했던 것이다.

"아직 안 끝났어!"

"조금이라도 복수할 것이다!"

"한 놈이라도 더 데리고 갈 것이야!"

물론 전부가 다 그런 건 아니었다.

하북팽가에 깊은 원한을 가진 이들은 승패와 상관없이 계속 달려들었다.

애초의 목표가 복수였기에 승패에 크게 연연하지 않았던 것이다.

"다가오지 못하게 해!"

"원거리 공격을 해라!"

역천폭사공은 분명 위협적이었다.

하지만 그렇다고 막을 방도가 없는 건 아니었다.

대응책이 이미 알려질 대로 알려져 있었기에 하북팽가의 무인들은 당황하지 않고 역천폭사공을 펼치려는 이들을 멀리서 공격했다.

그중 선두에 있는 게 바로 팽진극이었다.

뻐어어엉!

무려 이 장이 넘어가는 거대한 도강이 부나방처럼 달려드는 무인들을 휩쓸었다.

접근하기 전에 아예 날려 버렸던 것이다.

그로 인해 도망치던 역천마궁도들이 폭사공에 휩쓸려 터져 나갔다.

"이겼다!"

"우리가 막아 냈다!"

"만세! 가주님 만세!"

"천룡검 만세!"

"백괴 만세!"

거신마군의 죽음 이후 빠르게 무너진 역천마궁도들이 뿔뿔이 흩어지는 모습을 보며 하북팽가의 무인들이 함성을 질렀다.

생각보다 쉽게 끝난 전투에, 적은 피해에 감격한 것이었다. 특히 몇몇은 아예 대놓고 석진호와 북궁혁의 별호나 이름을 불렀다.

"이거 느낌이 묘한데?"

"그게 바로 영웅이 된 기분이지."

"주인공은 너 아냐?"

"너도 한몫한 건 사실이니까."

"에이, 그래도 주인공만 할까."

북궁혁이 키득거렸다.

그런데 말과는 달리 상당히 기분 좋아 보였다.

"가자."

"인사 안 하고 갈 거야?"

"빛이 사라지는 것도 아니고. 복수 때문에 여기까지 오기는 했지만 나에게는 승천무관이 먼저야."

"하긴."

석진호의 말에 북궁혁이 고개를 주억거렸다.

게다가 팽진극이 껄끄러울 수밖에 없기에 북궁혁은 수긍하며 몸을 돌렸다.

"어? 어?"

"어디 가십니까!"

처음 나타났을 때와 마찬가지로 바람처럼 사라지는 두 사람의 모습에 추레한 몰골로 다가오던 팽무건이 소리쳤다.

하지만 그의 외침에도 불구하고 석진호와 북궁혁은 발걸음을 멈추지 않았다.

"아……."

팽무건과 마찬가지로 전투를 마치고 한달음에 달려왔던 팽나연이 망연자실한 표정을 지었다.

부친과의 관계를 모르지 않지만 그래도 이렇게 인사도 없이 떠날 줄은 몰랐기에 팽나연이 아련한 눈으로 석진호가 사라진 방향을 쳐다봤다.

끼이잉.

그런 주인의 슬픈 마음을 아는 것인지 태랑이가 다리에 머리를 비볐다.

하지만 태랑이의 애교에도 팽나연의 시선은 여전히 남쪽

을 향해 있었다.

“너무 아쉬워하지 마. 승천무관으로 급히 돌아간 것 같으니까.”

“……그렇겠지.”

“정리하고 함께 가자. 감사 인사는 전해야지.”

“가도, 될까?”

팽나연의 동공이 불안하게 흔들렸다.

떠나라는 말을 들었는데 다시 찾아가도 될까 싶어서였다.

스윽.

방황하듯 흔들리는 여동생의 눈빛에 팽무건이 어깨에 손을 올렸다.

그런데 반대쪽 어깨에 팽무곤의 두꺼운 손도 올라왔다.

“그래서, 안 갈 거야?”

“…….”

“이제는 상황이 많이 달라진 거 같은데?”

팽무건이 씨익 웃으며 뒤쪽을 향해 눈짓했다.

바로 부친과 조부가 서 있는 자리였다.

둘 역시 석진호가 사라진 방향을 쳐다보고 있었는데 표정이 정말 가관이었다.

“그리고 우리는 늘 네 편이었고.”

반대쪽 어깨에 손을 올렸던 팽무곤이 히죽 웃으며 말했다.

팽무건이나 그는 언제나 여동생인 팽나연의 편이었다.

지금은 두 사람도 크게 반대하지 않을 것 같았고 말이다.

그 무위를 보고도 반대한다면 그건 하북팽가라는 대가문의 가주로서 실격이었다.

"고마워."

"고맙긴. 다 가문을 위한 건데. 네가 석 관주를 물어 오면 나야 좋지. 본가의 힘이 더 강해지지 않겠어?"

"뭐야?"

언제 불안에 떨었냐는 듯이 팽나연이 어처구니없다는 표정을 지었다.

하지만 그럴수록 팽무건의 표정은 능글맞아졌다.

"그러니 꼭 정실 자리를 차지하도록 해. 네가 먼저 만났는데 당연히 정실이 되어야 하지 않겠어?"

"하린이도 만만치 않아서."

"허어, 천하의 도화가 이렇게 패기 없는 모습을 보이다니. 역시 사랑의 힘은 위대한 건가?"

"시끄럽고 정리부터 해. 할 일이 많아."

팽나연이 몸을 홱 돌렸다.

붉어진 얼굴을 숨기기 위해서였다.

해가 어슴푸레하게 떠오르는 이른 새벽에 두 개의 인영이

승천무관으로 다가왔다.

그런데 둘 중 하나의 어깨가 연신 들썩였다.

마치 격렬하게 호흡을 하는 것처럼 말이다.

"아이고, 죽겠다. 내 살다 살다 이렇게 뛰어 본 적은 처음이다."

"수련도 되고 좋지, 뭐."

"이 속도로 하북팽가까지 달려갔으면 분명 도중에 거신마군을 만날 수 있었을 거야."

북궁혁이 여전히 빠르게 뛰는 심장을 가라앉히며 툴툴거렸다.

빨리 집에 가고 싶은 마음을 모르는 건 아니었지만, 그 역시 이제는 승천무관이 제이의 집이나 마찬가지였지만, 그래도 이렇게 무시무시하게 뛰는 건 아니었다.

"그랬다면 너는 싸우지 못했겠지?"

"지금 자랑하는 거냐?"

"이런 경험이 너에게는 큰 도움이 될 거다."

"그렇긴 하겠지. 하지만 두 번 다시는 하고 싶지 않다."

진심이 서린 북궁혁의 대답에 석진호가 피식 웃었다.

사람 일은 어찌 될지 아무도 몰라서였다.

끼이익.

대화하는 사이 어느새 대문에 도착한 석진호가 문을 열었다.

그런데 열린 문 너머를 본 석진호의 표정에 놀람이 떠올랐다.

“다녀오셨어요, 도련님.”

“왜 나와 있어?”

“왠지 지금쯤 도착하실 것 같아서요.”

소하정이 빙긋 웃으며 대답했다.

그런 그녀의 곁에는 당하린과 채소설, 채소강 남매와 탁윤, 정마륭이 서 있었다.

냐아옹!

그리고 늘 소하정의 곁을 지키던 흑휘가 반겨 주듯 다가와 다리에 몸을 비볐다.

“다녀왔어.”

“고생하셨어요.”

소하정이 이제야 안도한 표정으로 석진호를 포근히 안았다.

강하다는 건 알았지만, 걱정할 필요 없다는 걸 알았지만 사람 마음이라는 게 뜻대로 되지 않았다.

그래서 석진호가 떠난 순간부터 마음을 졸였다.

돌아가신 주인님께 빌면서 말이다.

“걱정하지 말랬잖아.”

“어떻게 안 해요. 눈먼 칼에 죽기도 하는 곳이 전장인데.”

“가 본 것처럼 말하긴.”

이제는 안기보다 안겨 있게 된 소하정을 부드럽게 안으며 석진호가 혀를 찼다.

옛날에는 그렇게 넓게 느껴졌는데 지금은 달랐다.

그래서 석진호는 더욱 소중하게 소하정을 안았다.

"가 보지 못했어도 들은 건 많아요."

"그럼 내 무명도 들었을 텐데 왜 걱정해?"

"저에게는 영원히 아기이니까요. 사내아이는 장가가기 전까지는 애예요."

"그것 참 인정하기 싫은 말이네."

안고 있던 소하정을 떼어 내며 석진호가 어깨를 으쓱거렸다.

남자로서 인정할 수 없는 발언이어서였다.

하지만 떼어 내는 손길에도 소하정은 석진호에게 바짝 붙었다.

"고생하셨습니다, 관주님!"

"별일 없었고?"

"예. 다들 평소와 똑같이 열심히 수련했습니다. 텃밭의 채소도, 과수원의 과일도 잘 자라고 있고요."

"잘했다."

단 세 글자였으나 정마룡을 녹이기에는 충분했다.

그래서인지 정마룡은 푼수처럼 웃었다.

"아, 아닙니다!"

"이제 그만 들어가자. 아침부터 웬 난리야."

"출출하시죠? 제가 금방 음식을 내올게요."

석진호의 옆에 바짝 붙어 있던 소하정은 본관에 도착하기 무섭게 식당으로 향했다.

밤새 달려온 것처럼 보이기에 아침 식사 전 간단하게 요기할 걸 만들기 위해서였다.

"이따가 아침 식사 시간에 먹어도 되는데."

"간단하게 할게요, 간단하게. 가자, 소설아."

"네!"

집무실에 앉은 석진호는 떠나 있는 동안 도착해 있던 서신들을 차례대로 읽었다.

그리고 읽은 서신들을 앞에 앉은 북궁혁에게 건넸다.

"호북성의 상황이 썩 좋지 않네. 천하의 무당파가 있는데."

"일부러 십이사도를 퍼트린 거야. 백도무림이 집결하지 못하도록."

"반대로 말하면 자신감의 표현이기도 하지. 제자들만으로도 구대문파와 오대세가를 지워 버릴 수 있다는. 이미 증명하기도 했고."

석진호의 손에 죽은 거신마군이 오대세가 중 한 곳인 황보세가를 무너뜨린 걸 북궁혁은 에둘러 말했다.

그러다가 이내 눈을 일순 빛냈다.

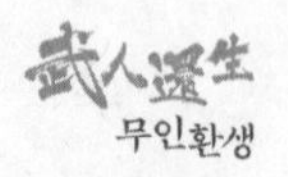

"점창파에 이어 공동파도 무너졌지."

"맞아. 그 먼 감숙성까지 가다니."

"하북성에도 왔는데 감숙성 정도야. 곤륜파까지는 못 간 모양이지만."

"거긴 너무 멀잖아. 어쨌든 오대세가의 한 자리가 비었어."

북궁혁이 씨익 웃었다.

그 의미심장한 미소에 석진호 역시 피식 웃었다.

친구가 왜 웃는지 그는 알아서였다.

"황보세가가 쉽게 밀려나지는 않을 거야. 또 노리는 곳들이 한둘이 아닐 테고."

"어쩌면 백리세가와 경쟁해야 할지도 모르겠는데?"

북궁혁이 턱을 쓰다듬었다.

어떻게 보면 백리세가 역시 경쟁자라 할 수 있어서였다.

지금은 함께 다니지만 나중에는 몰랐다.

"그래도 소식을 들어 보면 나름 잘하고 있는 모양이야."

"인원이 꽤 늘었던데."

"처음에는 다 그렇게 시작하는 거지."

형산에서부터 무당산까지 이동하면서 모용천은 끊임없이 전투를 치렀다.

백리세가와 함께 움직이긴 했으나 그렇다고 다른 방파나 무문이 없는 건 아니었다.

그렇기에 자연스레 친분 겸 전우애를 다지며 사람을 끌어

모으고 있었다.

"맞아. 너처럼 적당하게 키우는 이가 드물지. 보통은 야심을 품기 마련이니까. 현실의 벽에 부딪히는 건 다른 문제고."

"보통은 그렇지."

"우리 나이는 꿈을 꾸는 나이니까."

"그건 너희에게 양보하마."

하품을 하며 석진호가 다음 서신을 펼쳤다.

전서구나 전서응으로 보내온 것인지 돌돌 말려 있던 작은 서신을 펼친 석진호가 눈썹을 꿈틀거렸다.

"왜 그래? 사달이라도 났어?"

"순서상으로는 엊그제 온 것 같은데."

"같은데?"

"역천마궁주랑 무당검존이랑 붙었다네."

"오! 결과는?"

북궁혁의 눈동자가 초롱초롱해졌다.

안 그래도 가장 궁금했던 대결 중 하나였기 때문이다.

당대 천하제일인에 가장 근접해 있는 두 명의 무인 중 한 명이 무당검존이었기에 북궁혁은 두 눈을 반짝였다.

"결과는 없네. 천이 녀석 이 중요한 내용을 도중에 끊다니."

"혹시 보내지 못할 정도로 긴급한 상황이었던 건 아냐?"

"잠깐만."

잔뜩 기대한 표정을 지었던 북궁혁이 순간 얼굴을 굳혔다.
왠지 모르게 불길한 느낌이 들어서였다.
그사이 석진호는 차례대로 놓여 있는 서신들을 살폈다.
하지만 이 이후 모용천에게서 온 연통은 없었다.
"없어?"
"뭔가 일이 벌어진 모양인데."
"엊그제라면…… 소문이 나도 이상하지 않은 시간인데."
"정확한 건 아니고. 마룡이가 그냥 날아온 순서대로 쌓아 놓은 거니까. 어제 아침일 수도 있어. 엊그제 늦은 저녁이거나."
석진호의 표정도 심각해졌다.
연락이 없다는 건 연락을 할 수 없는 상황이라는 걸 뜻했기에 석진호는 걱정이 되었다.
"으음!"
"개방에 물어봐야겠어."
"그게 가장 빠르긴 하지. 너는 풍절과 인연도 있고."
북궁혁이 고개를 주억거렸다.
개방이라면 누구보다 먼저 알고 있을 게 분명해서였다.
더욱이 석진호는 풍절과 안면이 있기에 적당한 돈을 내면 원하는 정보 이상의 것을 들을 수도 있을 터였다.
똑똑똑.
"관주님, 저 소강입니다."

"들어와."

그때 문이 열리며 채소강이 들어왔다.

한데 뛰어왔는지 채소강의 얼굴이 조금 상기되어 있었다.

"석가장주님이 찾아오셨습니다."

"응?"

"지금 정 교두가 이곳으로 모셔 오는 중입니다."

석진호가 의아한 표정을 지었다.

연락이 없었을뿐더러 이곳까지 올 이유가 없어서였다.

"무슨 일이지?"

"내 말이."

북궁혁도 같은 생각인지 앞에서 고개를 갸웃거리고 있었다.

하지만 반응은 빨랐다.

석명일이 온다고 하자 북궁혁은 자리에서 일어났다.

"이따가 보자. 안 그래도 묻고 싶은 게 있기도 하고. 천이 소식도 궁금하고."

"그래."

"흠흠!"

그새 도착했는지 열린 문 너머에서 익숙한 헛기침 소리가 들렸다.

더불어 안절부절못하는 기색의 정마륭도 느껴졌다.

"들어오시죠."

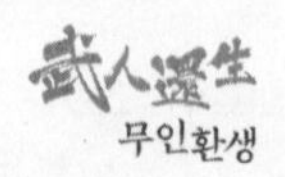

석진호의 허락에 석명일이 집무실로 들어왔다.

그리면서 나가는 북궁혁과 눈인사를 하는 것도 잊지 않았다.

지금은 아니지만 나중에는 북해와도 거래를 할 생각이기에 석명일은 인자한 미소로 인사하며 석진호의 앞에 앉았다.

"오랜만이구나."

"갑자기 무슨 일입니까? 연락도 없이."

"크흠! 연통을 보내는 것보다는 내가 직접 알려 주는 게 좋을 것 같아서 말이다. 오랜만에 아들 얼굴도 보고. 지난번에는 너무 성의 없이 보낸 것 같기도 해서 말이지."

"대가는 충분히 받았습니다만."

원래부터 돈에 쪼들린 적은 없지만 그래도 다다익선이라고 돈은 많을수록 좋았다.

그렇기에 석진호는 석명일이 준 돈을 거부하지 않고 다 받았다.

없어서 걱정인 것보다는 어떻게 쓸지 고민하는 게 훨씬 좋았으니까.

"알고 있다. 그 돈을 준 게 나니까. 내가 온 건 전해 줄 소식이 있어서다."

"이게 무엇입니까?"

"읽어 봐."

자신의 앞에 놓인 서류를 보며 석진호가 반문했다.

누가 봐도 건들기 귀찮다는 표정으로 말이다.

"제가 꼭 봐야 하는 겁니까?"

"그러니까 내가 직접 왔겠지?"

"흐음."

석진호가 미간을 좁혔다.

저 말은 석명일이, 석가장주가 직접 움직일 만한 사안이라는 뜻이었기에 석진호는 불편한 표정을 지으며 손을 뻗었다.

그런데 그 모습을 석명일이 흐뭇하게 바라봤다.

"당하고만 살 수는 없지 않겠느냐. 네가 거신마군을 처치한 것처럼."

"연맹입니까."

"우리 목숨은 우리가 지켜야 하지 않겠느냐. 하북팽가도 합류하기로 약속했다. 산동성 역시 황보세가를 대신해서 산동악가가 함께하기로 약속했고."

"빠르군요."

"이런 일은 속전속결로 처리해야지."

석진호가 의외라는 표정을 지었다.

이런 식으로 석가장이 대응할 줄은 몰라서였다.

하지만 확실히 효과적이기는 했다.

혼자 상대하는 것보다는 힘을 합치는 게 여러모로 유리했으니까.

"근데 이걸 왜 저에게 보여 주시는 건지?"

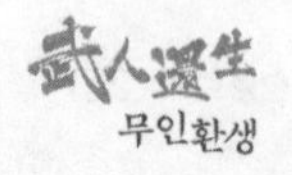

"앞으로의 방향에 대해서 너도 어느 정도는 알고 있어야 할 것 같아서 말이다. 너는 하북성의 영웅이지 않더냐."

"저 영웅 아닙니다."

석진호가 정색하듯 말했다.

지금까지 싸운 건 자신을 위해서였지 남을 위한 건 없었다.

때문에 석진호는 단호하게 고개를 저었다.

"너는 그렇게 생각하겠지만, 다른 이들은 아니다. 그러니 너무 부끄러워하지 않아도 된다."

"일단 알고는 있겠습니다."

"네가 우려하는 일은 벌어지지 않을 거다. 내 선에서 다 거를 테니까. 그러니 너는 평소대로 지내면 된다."

"그건 마음에 드는군요."

"마지막으로 한 가지 부탁이 있는데……."

석명일이 마른침을 삼키며 말끝을 흐렸다.

그 정도로 그는 긴장한 얼굴로 석진호의 눈치를 살폈다.

"부탁요?"

"당분간 승천무관에서 머물고 싶어서 말이지."

"흐으음."

"안 되겠지?"

석명일의 얼굴이 어두워졌다.

그를 호위하는 인력은 많았지만 그 전부가 눈앞에 앉아 있는 석진호 한 명만 못했다.

게다가 석만호의 반역으로 인해 호가대의 인원이 반 토막 났기에 현재 그는 심한 불안 증세를 느끼고 있었다.

석풍표국의 표두들이 호위를 해 준다고 하지만 석진호만큼 믿음직스럽지는 않았다.

"안 된다고 하면 본가로 돌아가실 겁니까?"

"……하정객잔에 머물 생각이다."

"그럴 것 같았습니다. 방 하나 내드릴 테니 당분간 쓰십시오."

"정말?"

석명일이 눈에 띄게 기뻐했다.

그 모습에 석진호는 묘한 표정을 지었다.

정말 예전과는 너무나 달라진 것 같아서였다.

바늘로 찔러도 피 한 방울 흘리지 않을 것 같은 냉혈한이 석명일이었는데 지금은 달랐다.

"예. 대신 강호 정세에 대해서 알려 주십시오."

"네가 필요로 하는 건 바로 알려 주마. 그런데 할아버지도 함께 오셨는데……."

"두 개 내드리겠습니다."

"고맙다. 정말 고마워."

석명일의 눈가가 촉촉해졌다.

금방이라도 눈물을 흘릴 것처럼 글썽거렸던 것이다.

그런 석명일의 모습에 석진호는 자기도 모르게 의자를 뒤로 물렸다.

역시나 이런 모습은 적응이 되지 않았다.

"당분간만입니다. 그리고 공짜도 아니고요."

"당연히 그래야지. 세상에 공짜는 없지, 암!"

누구보다 셈이 빠른 게 석명일이었다.

그렇기에 그는 당연하다는 듯이 고개를 주억거렸다.

또한 아무리 돈이 많아도 목숨을 대신할 수 없다는 걸 알기에 석명일은 속으로 안도의 한숨을 내쉬었다.

아침이 밝기 무섭게 승천무관의 옆 공터에 인부들이 모였다.

이른 아침부터 갑자기 대공사를 시작했던 것이다.

땅을 고르게 펴고 그 위에 기둥을 세우고 건물을 짓는 인부들의 모습에 석진호가 황당하다는 표정을 지었다.

"땅을 사셨다고 들었습니다. 별장을 지으신답니다."

"별장?"

"예. 미룡 아가씨가 직접 진두지휘하고 있습니다."

황당한 표정을 짓고 있는 석진호의 곁으로 정마륭이 다가오며 설명했다.

아침에 순찰을 돌다가 마주친 인부에게서 직접 사정을 들었기에 정마륭은 그대로 전달했다.

"누나가?"

"예. 급히 만들지만 튼튼하게 만들기 위해 임금을 두 배나 지불했다고 합니다."

"돈이야 많은 가문이니까. 그런데 이렇게 건물을 직접 세울 줄이야."

석진호가 고개를 절레절레 저었다.

이렇게 나올 줄은 정말 꿈에도 생각하지 못해서였다.

"역시 피는 못 속인다니까. 이런 점은 진짜 너랑 닮았네."

"도대체 어떤 점이?"

"표적이 생기면 망설이지 않고 달려가잖아."

산책이라도 나온 듯이 빙랑이를 데리고 밖에 나온 북궁혁이 히죽 웃었다.

그러나 석진호는 그 말에 동의할 수 없었다.

육신은 석가장의 핏줄이지만 영혼은 달랐다.

원주인은 이미 예전에 저승으로 갔기에 석진호는 고개를 저었다.

"동의할 수 없다."

"원래 당사자들은 그래. 참, 무당산에 대한 소식은 아직 없는 거야?"

"아직 대치 상태인 거 같아. 무슨 수법을 쓴 건지 전서구나

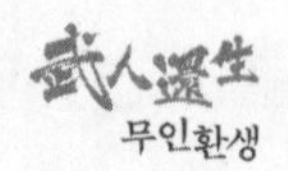

전서응도 사용하지 못하는 모양이야. 사람도 오고 가지 못하는 상태고."

"말려 죽일 계획인가."

거의 고립된 거나 마찬가지인 무당산의 상황에 북궁혁의 표정이 무거워졌다.

무당산이 넓다지만 현재 그곳에 모인 인원이 적지 않았다.

게다가 역천마궁이 포위하고 있으니 식량 수급이 원활하지 않을 터.

시간이 흐를수록 불리한 것은 무당파였다.

"소림사에서 권존이 출발했다고 하니 믿어 봐야지. 남궁세가주도 안휘성을 정리하고 출발한 상태고."

"건곤일척의 승부인가."

"가 보고 싶으면 가 봐."

"구경하고 싶긴 한데, 이용당할 생각은 없어서."

북궁혁이 단호하게 고개를 저었다.

석진호만큼은 아니지만 그 역시 매일같이 서신을 받고 있었다.

중원무림을 위해 한 손 거들어 달라고 말이다.

하지만 북해 사람인 그가 중원을 위해 피를 흘릴 이유는 없었다.

"천이는 무슨 일이 생기든 악착같이 살아 나올 놈이고."

"그건 인정."

이어지는 북궁혁의 말에 석진호는 고개를 주억거렸다.

관상에 대해 잘 알지는 않지만 살아온 세월이 있다 보니 얼추 볼 줄은 알았다.

그런데 모용천은 단명할 관상이 아니었다.

"물론 위험하다면 구해 줄 마음은 있지만. 내가 그 정도는 해 줄 수 있지, 흐흐!"

"그 표정 그대로 달려가면 그냥 돌아가라고 할 것 같은데."

"이 몸은 약자의 투정도 들어 줄 아량이 있는지라. 그보다 지금 시간 괜찮아?"

"아, 저번에 물어보려고 했던 거?"

"응. 간단하게 차 한잔 어때?"

북궁혁이 술을 마시자는 것처럼 잔을 넘기는 듯한 손짓을 했다.

그 모습에 석진호가 피식 웃으며 고개를 끄덕였다.

또르륵.

집무실로 돌아온 석진호가 익숙하게 차를 따랐다.

그러고는 앞에 앉은 북궁혁을 지그시 쳐다봤다.

"내가 복기를 수도 없이 해 봤는데, 아무리 궁리를 해도 답이 안 나오더라고. 아니, 이해가 안 된다고나 할까?"

"어떤 게?"

석진호가 차를 들이켜며 물었다.

표정을 보니 꽤나 심각한 고민인 듯싶었다.

"하북팽가에서 거신마군과 싸우기 전에 네가 펼친 일 검 말이야. 수십 명을 양분했던."

"아."

"머릿속으로 수십 번도 더 따라 해 보려고 했는데 안 되더라고."

"뭐라고 설명을 해야 하나."

석진호가 턱을 쓰다듬었다.

어째서 북궁혁이 이렇게 답답해하는지 그는 알 수 있어서였다.

물론 답을 알고 있었지만, 문제는 답만 달랑 얘기해 줘 봤자 북궁혁은 이해하지 못할 터였다.

그렇기에 석진호는 생각을 정리했다.

"편하게 해, 편하게. 복잡하다는 건 나도 알고 있으니까. 쉬웠다면 내가 이렇게 고민하지 않았겠지."

"조금만 기다려 봐. 정리를 좀 해야 할 거 같아서."

"아직 내가 이해할 수준이 아닌가?"

북궁혁이 조심스럽게 물었다.

이렇게 뜸을 들이니 그렇게밖에는 생각이 되지 않아서였다.

하지만 그 말에 석진호는 고개를 저었다.

"그건 아니고. 너와 내가 익힌 무공의 차이 때문에. 일단 난 검객이지."

"검 못지않게 양손, 양발도 잘 다루는."

석진호가 근접 박투에도 일가견이 있다는 걸 북궁혁은 잘 알았다.

검이 없어도 끔찍한 무인이 석진호였다.

"틀린 말은 아닌데 어쨌든 난 검사야. 그리고 넌 무투가지."

"맞아."

"즉, 우리는 출발선이 달라. 나는 베고 찌르는 쪽이고 너는 뭉개고 부수는 쪽이지."

북궁혁이 고개를 주억거렸다.

무투가라고 해서 꼭 찌르고 베는 걸 못하는 건 아니지만 근본적인 초식은 석진호의 말대로였다.

거기다 특이 사항으로 극한의 냉기를 지니고 있어 얼리는 것도 가능했다.

하지만 그 역시 결과적으로는 부순다고 봐도 좋았다.

"결에 대해서는 너도 알고 있을 거야."

"그것도 생각해 봤어. 근데 결이라는 건 무투가도 사용해. 정확하게는 결점이라고 해야 하나. 경험이 쌓이면 그런 게 보이지."

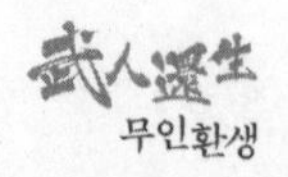

"네가 생각한 게 맞아. 거기에 의지가 추가되어야 해."

"의지?"

북궁혁이 두 눈을 껌뻑거렸다.

그게 무슨 소리인가 하는 표정이었다.

하지만 그럼에도 북궁혁의 얼굴은 진지했다.

"네가 수도 없이 떠올린 장면은 단순히 검강이 뻗어 가는 게 아니었을 거야. 정확하게는 인지하지 못한 채 갈라졌던 역천마궁도들이겠지."

"정확해."

"왜 그렇게 되었을까?"

"그게 의지라고? 무형지기 같은?"

"비슷하지만 달라. 말보다는 한번 겪어 보는 게 빠를 거다."

"어?"

북궁혁의 두 눈이 화등잔만 하게 커졌다.

왼쪽 볼을 툭툭 건드리는 손길에 소름이 오소소 돋았다.

"다시 해 보마."

이번에는 오른쪽 어깨에 석진호의 손가락이 닿았다.

하지만 이번 역시 그는 아무것도 보지 못하고 느끼지 못했다.

"이, 이게 무슨?"

"네 움직임을 예측해 빈틈을 파고들거나, 혹은 이럴 수밖에 없는 상황을 만든 게 아냐. 그냥 네가 인지하지 못하는 거다. 인지할 수 있는 범위에 벗어난 움직임이니까."

"이런 게 가능하다고?"

"응. 절망의 벽을 넘으면."

"허!"

초월경을 말하는 석진호를 보며 북궁혁은 헛웃음을 흘렸다.

동시에 철갑태군이나 거신마군이 어째서 그렇게 속수무책으로 당했는지도 이해했다.

이런 움직임이라면 둘은 따라잡기 급급했을 터였다.

그나마 초월경을 목전에 두었다던 거신마군 정도만이 가까스로 반응했을 테고.

"계속 두드리다 보면 열릴 거다."

"미친 듯이 두드려야겠는데."

"빙백신공이라면 가능할 거다."

"진짜 궁금해서 묻는 건데, 너 빙백신공 알지?"

북궁혁이 의심 가득한 눈빛으로 쳐다봤다.

이런 느낌이 든 적이 한두 번이 아니어서였다.

하지만 석진호는 태연하게 고개를 저었다.

"북해빙공의 궁주지공을 내가 어떻게 알아? 네가 펼쳤을 때 본 게 태어나서 처음으로 본 빙백신공이다."

"흐음?"

석진호의 대답에도 북궁혁은 의심을 거두지 않았다.
왠지 모르게 거짓말처럼 느껴져서였다.
"북해빙궁에서 유출된 적도 없잖아? 그건 네가 가장 잘 알 거 같은데. 노린 도둑은 많았지만 한 명도 성공하지 못한 걸로 알고 있는데."
"맞아. 그건 또 어떻게 알았대?"
"알게 모르게 듣는 게 많아서 말이지."
"흐으음."
북궁혁이 게슴츠레한 눈으로 석진호를 쳐다봤다.
하지만 석진호는 그런 그의 시선을 피하며 차를 들이켰다.
실제로 빙백신공에 대해서 모르기도 했고 말이다.
북해에서 환생한 적은 있었지만 북해빙궁과는 인연이 없었다.
"쓸데없는 데 심력 낭비하지 말고 수련해. 언제 또 역천마궁과 싸워야 할지 모르니까."
"내일 갑자기 초월경에 오를 수도 있고 말이지. 깨달음이란 불현듯 찾아올 수도 있으니까."
"……꿈은 크게 꾸는 게 좋지."
"부지불식간에 대오 각성할 수도 있는 게 사람 아니겠어? 한 치 앞도 보지 못하는 게 인간인데."
"그래, 긍정적으로 생각해라."
석진호는 더 이상 입을 열지 않았다.

부정적인 것보다는 긍정적인 게 낫다고 생각하며 혼자 키득거리는 북궁혁에게서 시선을 떼고 차만 들이켰다.

"저번에도 얘기했지만 그리 오래 걸리지는 않을 거다. 곧 따라잡아 주마."

"천이가 추월할 수 있다는 것도 좀 생각했으면 좋겠는데."

"쉽지는 않을걸. 나 역시 하루가 다르게 강해지고 있으니까."

북궁혁이 자신만만하게 웃었다.

경험은 그 역시 충분히 쌓고 있었다.

더욱이 그는 한노와 석진호를 매일같이 보며 수련하는 중이었다.

실전 경험은 모용천이 무시무시하게 쌓고 있을지 모르나 무경은 단순히 실전을 많이 겪는다고 높아지지 않았다.

"만나 보면 알겠지."

"그날을 기다리는 재미도 쏠쏠해, 후후!"

의미심장한 미소와 함께 북궁혁이 찻잔을 들어 올렸다.

그런 그의 눈동자에는 호승심이 활활 불타오르고 있었다.

똑똑.

"들어가도 될까요, 모용 공자님?"

"물론입니다. 들어오시죠."

문이 열리며 백색 무복이 너무나 잘 어울리는 백리선이 모습을 드러냈다.

빙화라는 별호답게 무표정한 얼굴이었지만 그럼에도 모용천은 가슴이 뛰었다.

벌써 수없이 많이 마주했음에도 불구하고 말이다.

"혹시 제가 공자님을 방해한 건 아닌가요?"

"아닙니다. 잠시 고민 좀 하고 있었습니다."

"만약의 사태를 대비하고 계셨던 건가요?"

백리선의 시선이 책상에 펼쳐진 지도에 닿았다.

무슨 생각을 하고 있는 얼추 짐작이 가서였다.

또한 그녀를 비롯해서 백리세가 역시 고민하고 있는 부분이기도 했고.

"친구 중 한 명이 늘 말하는 게 있습니다. 어떤 상황이든 최상과 최악의 상태를 생각해 두고 있어야 한다고요. 특히 최악의 상태일 때 빠른 판단을 위해서는 미리 대비하는 자세가 필요하다고 강조했습니다."

"좋은 친구분이네요."

"백리 소저도 만나 본 사람입니다."

"……석 공자님요?"

백리선이 짧은 고민 끝에 한 명을 선택했다.

모용천이 친구라고 할 만한 인물은 딱 둘밖에 없어서였다.

그중 석진호 쪽이 진중한 성격이었기에 백리선은 그를 선택했다.

"맞습니다. 제가 떠날 때 가장 신경을 많이 써 준 녀석도 진호였습니다."

"신기하네요. 제가 느낀 석 공자님은 되게 무뚝뚝한 성격이었는데."

"저나 혁이에게도 비슷합니다. 밝거나 활달한 성격은 아니죠. 근데 은근히 챙겨 주는 게 있습니다."

모용천이 아련한 표정을 지었다.

이렇게 친구에 대해 이야기를 하니 석진호와 북궁혁이 보고 싶어졌던 것이다.

지금은 승천무관을 떠났을 때와 달리 함께 싸우는 이들이 있었지만 그들은 친구라고 하기에는 힘들었다.

"하린 언니도 그와 비슷한 말을 했던 것 같아요."

"당 소저도 승천무관에 오래 머물렀으니까요."

"두 분께서는, 오지 않으시겠죠?"

"으음!"

조심스레 묻는 백리선을 보며 모용천이 침음을 흘렸다.

어째서 그녀가 이런 말을 꺼내는지 그는 알아서였다.

구대문파와 오대세가의 수장들도 상대하기 힘겨워하던 십이사도 중 둘을 쓰러뜨린 게 석진호였고, 모용천과 비슷한 실력자로 알려진 게 북궁혁이었다.

그런 만큼 두 친구가 가세한다면 정도무림 입장에서는 천군만마를 얻는 것이나 다름없을 터였다.
하지만 문제는 두 사람이 그럴 생각이 없다는 점이었다.
당장 그 역시 둘에게 도와 달라고 말할 수 없었고.
'선택은 각자 하는 것이니까.'
모용천이 눈을 감았다.
자신이 전쟁에 참여하기로 결정한 것처럼 두 사람 역시 참여하지 않기로 결정을 내렸다.
모용천으로서는 그런 두 사람의 결정을 존중했다.
아무리 상황이 암담하더라도 말이다.
'최악에 가깝기는 하지…….'
당장 고립된 것도 고립된 것이지만 모용천의 가슴을 무겁게 만든 건 생각보다 대단했던 역천마궁주의 신위였다.
천하제일인에 가장 근접해 있는 무인 중 하나이자 당대 무당파의 장문인인 검존의 송문고검을 반 토막 내던 광경이 떠오르자 모용천은 자기도 모르게 몸을 떨었다.
그 정도로 역천마궁주가 보여 준 무위는 압도적이었다.
무당산에 모여 있던 무인들의 사기를 단숨에 날려 버릴 정도로 말이다.
거기에 더 두려운 점은 내상을 입어 각혈하던 무당검존과 달리 역천마궁주의 신색은 편안했다는 것이다.
'마치 일부러 물러난 듯했지.'

무당파의 장로들이나 다른 강호 방파, 무림 세가들은 멀쩡한 척했지만 역천마궁주도 심각한 내상을 입었을 거라 예상했지만 그의 생각은 달랐다.

허장성세라고 하기에는 역천마궁주의 호흡, 발걸음, 눈빛 중 그 어느 것도 흐트러지지 않았다.

거기다 석진호의 손에 죽은 두 명의 십이사도를 대신해 새로이 나타난 둘의 무공도 엄청났었다.

대체 어디서 나타났나 싶었을 정도로 말이다.

"제가 실언을 했어요. 못 들은 걸로 해 주세요."

"알겠습니다."

모용천이 상념에 잠겨 있는 사이 백리선도 생각을 정리했는지 살짝 부끄러운 표정을 지으며 말했다.

상황이 안 좋다고 하나 모용천 앞에서 하지 말아야 할 말을 한 것 같아서였다.

그리고 그 말은 달리 말하면 그 정도로 백리선이 모용천을 편하게 대한다는 말과도 같았다.

이렇게 혼자서 모용천의 처소에 찾아올 정도로 말이다.

"최악의 상황이 닥치면, 어떡하실 생각이세요?"

"소림사와 남궁세가, 화산파, 종남파가 곧 합류하는 걸로 알고 있습니다. 당장 연락은 되지 않지만 아마 거의 다 오지 않았을까 싶습니다. 그러니 최악의 상황은 피할 수 있지 않겠습니까. 이기진 못하더라도 지금보다 정황이 악화되지는 않을 거라 생각합니다."

"그랬으면 좋겠는데……."

백리선이 말끝을 흐렸다.

처음 역천마궁이 발호했을 때만 해도 그녀를 비롯한 정도무림인들은 사태가 이 지경까지 올 거라고는 생각하지 않았다.

점창파가 멸문지화를 입기는 했으나 그건 기습 때문이라고 생각했다.

하지만 지금 눈에 보이는 결과는 요 모양 요 꼴이었다.

"아직 전쟁은 끝나지 않았습니다. 또한 천하십대고수가 하나둘 모이고 있고요. 그러니 절망하기에는 이릅니다."

"모용 공자님께서 그리 말씀해 주시니 조금은 안심이 되네요."

"사실만 말한 것뿐인데요."

"그리고 늘 함께 싸워 주셔서 고마워요."

백리선의 맑고 깊은 눈동자가 모용천을 바라봤다.

너무 맑아서 자신의 모습이 비치는 그녀의 큰 눈에 모용천은 심장이 벌렁거렸다.

그러면서 그는 생각했다.

백리선에게 말은 하지 않았지만 그는 최악의 상황도 생각하고 있었다.

'만약 소림권존마저도 패한다면…….'

상상도 하기 싫지만 대비는 하고 있어야 했다.

다만 문제는 무당검존에 이어 소림권존마저 역천마궁주에게 패배한다면 이 중원에서 갈 곳이 있느냐 하는 것이었다.

둘의 패배는 곧 정도무림의 패배를 뜻했기에 어디를 가든 안전한 곳은 없을 터였다.

'어?'

근데 그 순간 모용천의 뇌리에 어느 한곳이 떠올랐다.

특유의 나른한 표정으로 세상만사에 관심 없다는 듯이 의자에 널브러져 있는 친구의 모습이 말이다.

'……가능할지도?'

석진호는 미간을 좁힌 채로 앞에 앉은 이들을 찬찬히 훑었다. 생각지도 못한 이들의 방문에 석진호는 불편한 기색을 감추지 않았다.

"크흠! 지난번에 실수한 것도 있고, 이번에 도움도 받았기에 인사를 하러 왔네."

"굳이 안 하셔도 됩니다만."

"어찌 그럴 수 있겠나!"

쩌렁쩌렁한 팽진극의 목소리에 방이 울렸다.

진기를 실은 것도 아닌데 동굴처럼 메아리가 들리는 광경에 석진호는 눈살을 찌푸렸다.

그런데 그 표정에 팽진극이 움찔거렸다.

나이와 연배만 높을 뿐 무위로는 석진호의 상대가 안 된다는 걸 너무나 잘 알기에 눈치를 살피는 것이었다.

“하북팽가를 도와주려고 찾아간 것이 아니니 고마워할 건 없습니다.”

“그렇다고 해도 어찌 그냥 넘어갈 수 있겠나. 사람이 그러면 안 되지.”

“정말 괜찮습니다.”

저번과는 달리 알아서 찌그러지는 팽진극을 일별하며 석진호가 두 눈 가득 호기심을 담고서 입을 여는 노인을 쳐다봤다.

노인이라고 하기에는 지나치게 건장한 전대 하북팽가주를 말이다.

“본가는 은혜를 아는 가문일세. 그러니 석 관주는 그냥 받기만 하면 되네. 돈이 많다는 건 알지만, 다다익선이라는 말도 있지 않은가?”

“은혜를 잘 아는 것 같지는 않습니다만.”

연신 웃는 얼굴이던 팽만기가 일순 흠칫했다.

단단하고 날카롭게 솟은 뼈가 말에 담겨 있어서였다.

더욱이 석진호의 시선이 다시 한번 팽진극에게 닿자 팽만기는 어색하게 웃을 수밖에 없었다.

"허허허! 세상에 완벽한 사람은 없지 않나. 가끔씩 실수도 하고 그러는 게지! 대신 실수를 반복하지 않는 게 더 중요하지 않겠나! 나머지 대화는 젊은 사람들끼리 하게! 우리는 이만 비켜 줄 터이니!"

팽만기가 눈치껏 아들을 데리고서 방을 나섰다.

분위기를 보아하니 자신과 아들이 남아 있어서 도움이 될 것 같지 않아서였다.

"어머?"

"네가 승천무관에 머물고 있다는 아이로구나."

"오랜만에 뵈어요, 태상가주님."

팽진극을 데리고 방을 나서던 팽만기가 때마침 다과상을 가지고 들어오던 당하린과 마주쳤다.

그런데 그는 당하린을 알아보지 못했다.

일선에서 물러난 지가 오래되기도 했고, 워낙에 옛날에 봤기에 어릴 때의 당하린만 기억에 남아 있었다.

"그래그래, 고생하거라."

"네."

당하린의 인사를 대충 받아 주며 팽만기가 방을 나섰다.

거의 끌고 가다시피 아들을 데리고서 말이다.

그 모습을 보며 당하린이 의미심장하게 웃었다.

"마룡이나 소강이를 시키지."

"둘 다 정신없는 것 같아서요. 그리고 오랜만에 인사도 드

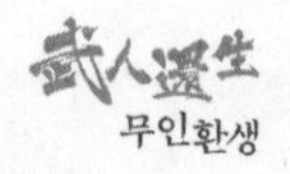

릴 겸해서 왔어요."

"오랜만입니다, 당 소저."

"오랜만에 뵙습니다."

"……."

머쓱하게 인사해 오는 팽무건, 팽무곤 형제와 달리 팽나연은 말없이 눈인사만 했다.

한데 그런 팽나연의 인사에 당하린도 미소로 답했다.

"맛있게 드세요."

"감사합니다."

"잘 먹겠습니다."

"그럼 대화 나누세요."

우람한 두 형제의 말에 당하린은 빙긋 웃으며 방을 나섰다.

그리고 무거운 침묵이 방 안에 내려앉았다.

당하린이 다과상을 내왔으나 석진호는 손 하나 대지 않고 조용히 차만 들이켰다.

그 모습을 잠시 지켜보던 팽무건이 조심스럽게 입을 열었다.

"괜찮다고 하셨지만 아무리 생각해 봐도 한 번은 찾아봬서 감사 인사를 드리는 게 도리일 것 같아 이렇게 찾아오게 되었습니다. 그냥 지나치는 것보다는, 그래도 말을 하는 게 예의인 것 같아서요. 저희 가주님께서도 지난번에는 경황이 없어 사과를 제대로 하지 못하셨다고 하기도 했고요."

“입장은 충분히 이해합니다.”

“이해해 주셔서 감사합니다, 하하하!”

무난한 대답에 팽무건이 슬쩍 안심한 표정을 지었다.

하지만 분위기는 여전히 딱딱했다.

예전과는 확실히 다른, 보이지 않는 투명한 벽이 있는 듯한 느낌에 팽무건이 경직된 분위기를 풀어 보고자 어색한 웃음을 흘렸지만 나아지는 건 없었다.

그리고 그걸 팽무곤도 느꼈는지 어쩔 줄 몰라 하는 표정으로 형과 여동생을 번갈아 쳐다봤다.

“석 공자님.”

“말씀하시죠, 팽 소저.”

“가끔, 아주 가끔은 찾아와도 될까요?”

팽무건과 팽무곤이 일순 당황한 표정을 지었다.

이렇게 다짜고짜 물어볼 줄은 몰라서였다.

그런데 의외로 석진호의 표정이 나쁘지 않았다.

“방문하신다면 유모가 좋아할 겁니다. 제게 말은 안 했지만 내심 팽 소저를 보고 싶어 하더라고요.”

“……석 공자님은요?”

팽나연은 조금 더 용기를 냈다.

여기까지 온 마당에, 그리고 서로가 이미 알고 있는데 굳이 숨길 필요가 있을까 싶어서였다.

그리고 이제는 부친도 거부하지 않는 상황이었기에 팽나

연은 성격대로 화통하게 한 발을 내디뎠다.
"저도 괜찮습니다. 팽 소저가 저에게 실수한 건 없으니까요."
"아……."
팽나연의 눈가가 촉촉해졌다.
그러나 입가와 눈매에는 미소가 맺혔다.
정말 듣고 싶은 말을 들었기에 그녀는 얼굴 가득 감격한 표정을 지었다.
근데 웃긴 건 그녀의 두 오빠들도 같은 표정이라는 점이었다.
"지난번에는 팽 가주님 일도 있고, 너무 오래 머물기도 했으니까요. 팽 소저도 이제 스무 살이시지 않습니까."
"전 그런 거 신경 안 써요."
팽나연의 동공이 또렷해졌다.
그러고는 흔들리지 않는 눈빛으로 석진호를 직시했다.
"팽 소저는 괜찮을지 모르나 주변 사람들은 아닙니다. 어른이시니 제가 무슨 말을 하는지 알 거라고 생각합니다."
"그건 그렇지만……."
"오랜만에 오셨으니 유모 얼굴도 보고 가시죠."
석진호가 자리에서 일어났다.
그러자 삼 남매도 따라 일어설 수밖에 없었다.

✵

똑똑똑.

"저예요, 도련님."

슬슬 잠자리에 들어갈 시간에 소하정이 석진호의 침실을 찾았다.

그에 앉아서 서류들을 읽고 있던 석진호가 고개를 돌렸다.

"들어와."

"제가 방해한 건 아니죠?"

"방해는 무슨. 내가 하는 일이 별로 없는 거 알면서."

"그래도 모두 신경 쓰고 계시잖아요. 흑휘도 그렇고."

석진호의 옆에 얌전히 엎드려 있던 흑휘가 두 눈을 슬쩍 떴다.

하지만 이내 다시 두 눈을 감고는 여유를 즐겼다.

"그건 당연한 거고. 내가 주인인데 당연히 그래야지."

"장주님에 비하면 한가하시긴 하지만요."

"난 그렇게 각박하게 살고 싶지 않거든."

석진호가 웃으며 단호하게 말했다.

바쁘게 사는 걸 좋아하는 사람도 있지만 그는 아쉽게도 아니었다.

전생까지, 셀 수도 없는 시간을 바쁘고 처절하게 살았던 그였다.

이번 생은 평화롭고 한가하며 여유롭게 즐기고 싶었다.
'근데 의외로 그런 마음가짐이 도움이 된단 말이지.'
마음이 편안해지니 시야가 넓어진 느낌이라고나 할까.
예전에는 보지 못했던 것이 보이고 있었다.
그래서인지 딱히 열심히 수련하지 않음에도 경지가 높아지는 중이었다.
"저도 그건 싫어요. 인생은 짧다고 하잖아요. 당장 내일 어떻게 될지 모르는 게 삶이고요."
"유모도 많이 달라졌어."
"삶이 달라졌으니까요. 예전에는 어떻게든 도련님이랑 윤이 먹이고 입힐 것만 생각했는데 이제는 아니니까요. 그때와 비교하면 진짜 많이 달라졌죠, 호호!"
"힘들진 않고?"
"처음에는 모르는 게 많아서 어렵고 머리 아팠는데 지금은 괜찮아요. 일단 매출이 안정적이니까요. 도와주는 사람들도 많고."
소하정이 웃으며 고개를 저었다.
이 년 가까이 객잔을 운영해 보니 이제는 힘들다기보다 재미있었다.
물심양면으로 도와주는 사람들도 많았고 말이다.
혼자였다면 정말 힘들겠지만 다행히 그녀의 주위에는 능력 있고 착한 사람들이 많았다.

"다행이네."

"도련님은요? 요즘에 힘든 일 없으세요?"

석진호가 따라 주는 차를 받으며 소하정이 조심스럽게 물었다.

역천마궁으로 인해 세상이 하도 어수선하기도 했고, 얼마 전에는 하북팽가에 직접 다녀오기도 했기에 그녀는 걱정이 되었다.

석진호가 무리를 하는 건 아닐까 싶어서.

"나야 늘 똑같지. 힘든 것도, 고민도 없어."

"정말요?"

"응. 역천마궁 때문에 시끄럽기는 한데, 강호에 혈겁이 일어나면 이 정도는 당연한 거니까. 아, 하나 걱정되는 건 천이 정도?"

"모용 공자님 말씀이시군요."

"아무래도 최전선에 있으니까."

무당산에 대한 내용은 석명일이 시시각각 알려 주고 있었다.

워낙에 역천마궁의 포위망이 촘촘했기에 무당산 내부 상황은 알아내지 못했지만 소림사를 비롯해서 남궁세가, 화산파, 종남파가 곧 도착할 거라는 사실은 알았다.

지난 전투에서 모용천이 죽지 않은 것도 확인했고 말이다.

"북궁 공자님도 걱정을 많이 하시더라고요."

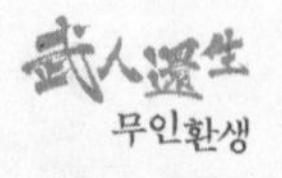

"친구니까."

"무사히 돌아오셨으면 좋겠어요."

진중하고 예의 바른 모용천을 떠올리며 소하정이 말했다.

어떻게 보면 셋 중에 가장 명문 세가의 자제다운 이가 바로 모용천이었다.

명문 세가의 후예다운 기품이 있다고나 할까.

물론 셋이 모이면 똑같이 어린애들이 되었지만 남자들은 나이를 많이 먹어도 똑같았다.

"돌아올 거야. 죽으러 간 게 아니니까. 의무는 고난을 주기도 하지만 반대로 힘을 주기도 하니까."

"도련님이 그런 거라면 그런 거겠죠."

"이제 슬슬 본론을 꺼내도 될 것 같은데? 나한테 조용히 할 말이 있어서 온 거 아냐?"

"너무 티가 났나요?"

"우리가 함께한 시간이 얼만데."

어깨를 으쓱이는 석진호의 모습에 소하정은 자기도 모르게 웃음을 흘렸다.

그녀가 석진호에 대해 잘 아는 것처럼 석진호도 마찬가지였다.

"제가 그걸 간과했네요."

"편하게 해. 늘 말했지만 유모는 나에게 그럴 자격이 있어."

어머니는 오랜 산고 끝에 그를 낳고서 돌아가셨다.

그 후 젖동냥을 다니며 석진호를 키운 게 소하정이었다.

당시 그녀의 나이는 지금 석진호의 나이와 비슷했다.

애를 낳아 본 적도 없고 젖도 나오지 않는 그녀가 할 수 있는 건 젖동냥을 하며 석진호를 돌보는 것뿐이었다.

즉 석진호에게는 두 번째 엄마라고 해도 과언이 아닌 존재가 소하정이었다.

그렇기에 소하정은 자격이 있었다.

"그런 말씀은 너무 부담돼요. 제가 뭐라고."

"뭐긴. 날 키워 낸 사람이지. 지금 밖에서는 나를 천룡검제라고 부른다며?"

"맞아요. 저도 그렇게 들었어요."

소하정의 두 눈이 초롱초롱해졌다.

별호가 생긴 것도 대단하고 신기했지만 그 별호에 자그마치 제(帝) 자가 붙었다.

그것도 고작 약관의 나이에 말이다.

알아보니 석진호의 나이에 검제라 불린 이는 무림 역사상 전무후무하다고 했다.

"그 천룡검제를 만든 게 바로 유모야. 근데 왜 그렇게 생각해. 자랑을 해도 모자랄 판에."

소하정이 몸을 비비 꼬았다.

사실이지만 이상하게 부끄러웠던 것이다.

하지만 분명한 건 기분은 좋다는 점이었다.

"근데 제가 만들었다고 하기에는 도련님이 알아서 잘 크신 것 같아서……."

"유모가 없었다면 지금의 나도 없어. 그러니까 편하게 말해. 허심탄회하게."

"꼭 하고 싶은 말이 있는 건 아니고, 한 번쯤은 도련님께 말씀을 드려야 할 것 같아서요."

"말해."

"저를 신경 써 주시고 챙겨 주는 건 감사하지만 너무 그러지 않으셔도 돼요. 저는 도련님께 짐이 되고 싶지 않아요."

소하정이 결연한 표정으로 차분하게 말했다.

미리 준비한 것처럼 말이다.

그리고 그 말을 석진호는 조용히 듣기만 했다.

"당장 내일 죽는다고 해도 저는 여한이 없어요. 도련님을 위해서라면 웃으면서 죽을 수 있고요. 그러니까 저 때문에 희생하지 말아 주셨으면 해요."

"내가 희생하는 것처럼 보여?"

"마음만 먹으면 지금보다 더한 위명을 쌓으실 수 있잖아요."

다음 권으로 이어집니다